编者序

1920年元宵节，汪曾祺出生在江苏高邮县县城一个书香门第：祖父是清朝末科的“拔贡”，父亲金石书画皆通，多才多艺。这似乎注定了汪曾祺与文字的交情，他晚年曾用一首小诗述说一生从事写作的原因：

我事写作，原因无他：从小到大，数学不佳。
考入大学，成天“泡茶”，读中文系，看书很杂。
偶写诗文，幸蒙刊发。百无一用，乃成作家。
弄笔半纪，今已华发，成就甚少，无可矜夸。
有何思想？实近儒家。人道其里，抒情其华。
有何风格？兼容并纳。不今不古，文俗则雅。
与人无争，性颇通达。如此而已，实在无啥。

他自称“百无一用，乃成作家”，却在七十余载生涯中为我们留下太多至情至性的文字：在他的故乡高邮，在他求学的昆明西南联大，在他工作过生活过的张家口、北京……故乡的人和事，是他的回忆散文中绕不开的题材，也是那些纯真质朴的小说中永远的灵感；西南联大的良师益友，在他的笔下自始至终像当年一样饱含着激情与理想；在张家口沙岭子农科所劳动，他与蔬果为伴，将人间草木化作生动的文字，苦中也能作乐；回到北京，他依旧享受着生活，写写画画听听戏，记录旅食随想，也为文学界的后来人留下创作的经验……

“如此而已，实在无啥”，汪曾祺这样云淡风轻地总结自己的文学生涯，但对于读者来说，那份对生活的热爱，雅致的情味，历经岁月磨砺而不曾消逝的温暖，却又不仅如此。

我们期待读者跟随着汪老留下的旅踪，在这个人人都步履匆匆的时代中，能慢步欣赏，觅得属于自己的生活真谛。

编者谨识

齐先生画水中的鱼，没一点色，一根线画水，却使人看到了江河，嗅到水的清香。真是了不起的奇迹。

——《张大千和毕加索》

趣舍萬殊靜躁不同當其欣
於所遇暫得於己快然自足不
知老之將至及其所之既惓情
隨事遷感慨係之矣向之所
欣俛仰之間以為陳迹猶不
能不以之興懷況脩短隨化終
期於盡古人云死生亦大矣豈
不痛哉每攬昔人興感之由
若合一契未嘗不臨文嗟悼不
能喻之於懷固知一死生為虛
誕齊彭殤為妄作後之視今
亦由今之視昔悲夫故列
敘時人錄其所述雖世殊事
異所以興懷其致一也後之攬
者亦將有感於斯文

写字放得开并不容易。书家往往于酒后写字，就是因为酒后精神松弛，没有负担，较易放得开。相传王羲之的《兰亭序》是醉后所写。

——《写字》

中国文人画是写意的。现代中国小说也是写意的多。文人画讲究“笔墨情趣”，就是说“笔墨”本身是目的，物象是次要的。

——《关于小说的语言（札记）》

“深山藏古寺”，难的是一个“藏”字，藏就看不见了，看不见，又要让人知道有一座古寺在深山里藏着。

——《语文短简》

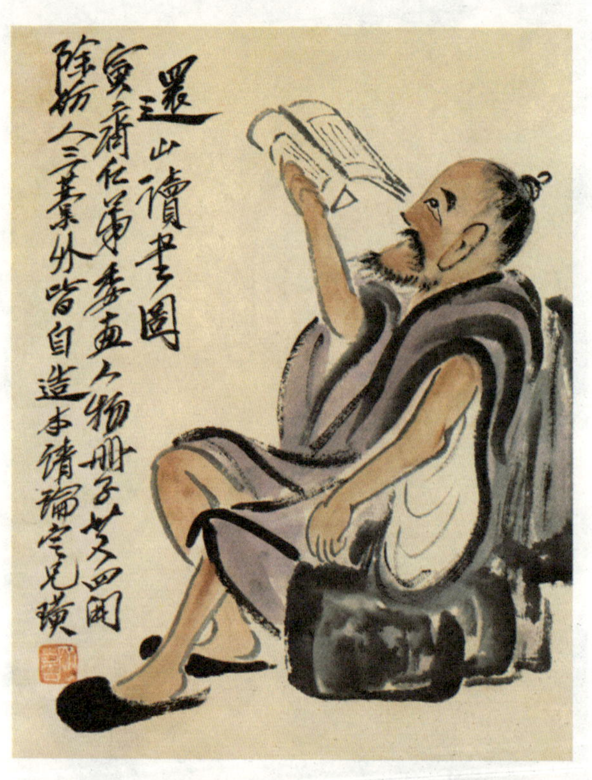

泡一杯茶懒懒地靠在沙发里，看杂书一册，这比打扑克要舒服得多。

——《谈读杂书》

目录

contents

写字品画，论艺之道

提笔翻书，学话小议

幕后台前，戏如人生

随笔偶得，杂谈文化

写字品画，论艺之道

人／间／有／趣

看画

上初中的时候，每天放学回家，一路上只要有可以看看的画，我都要走过去看看。

中市口街东有一个画画的，叫张长之，年纪不大，才二十多岁，是个小胖子。小胖子很聪明。他没有学过画，他画画是看会的。画册、画报、裱画店里挂着的画，他看了一会就能默记在心。背临出来，大致不差。他的画不中不西，用色很鲜明，所以有人愿意买。他什么都画。人物、花卉、翎毛、草虫都画。只是不画山水。他不只是临摹，有时也“创作”。有一次他画了一个斗方，画一棵芭蕉，一只五彩大公鸡，挂在他的画室里（他的画室是敞开的）。这张画只能自己画着玩玩，买是不会有人买的，谁家会在家里挂一张“鸡芭图”？

他擅长的画体叫做“断简残篇”。一条旧碑帖的拓片（多半是汉隶或魏碑），半张烧糊一角的宋版书的残页、一个裂了缝的扇面、一方端匋斋的印谱……七拼八凑，构成一个画面。画法近似“颖拓”，但是颖拓一般不画这种破破烂烂的东西。他画得很逼真，乍看像是剪贴在纸上的。这种画好像很“雅”，而且这种画只有他画，所以有人买。

这个家伙写信不贴邮票，信封上的邮票是他自己画的。

有一阵子，他每天骑了一匹大马在城里兜一圈，呱嗒呱嗒，神气得很。这马是一个营长的。城里只要驻兵，他很快就和军官混得很熟。办法很简单，每人送一套春宫。

一九四七年，我在上海先施公司二楼卖字画的陈列室看到四条“断简残篇”，一看署名，正是“张长之”！这家伙混得能到上海来卖画，真不简单。

北门里街东有一个专门画像的画工，此人名叫管又萍。走进他的画室，左边墙上挂着一幅非常醒目的朱元璋八分脸的半身画，高四尺，装在镜框里。朱洪武紫棠色脸，额头、颧骨，下巴，都很突出。这种面相，叫做“五岳朝天”。双眼奕奕，威风内敛，很像一个开国之君。朱皇帝头戴纱帽，着圆领团花织金大红龙袍。这张画不但皮肤、皱纹、眼神画得很“真”，纱帽、织金团龙，都画得极其工致。这张画大概是画工平生得意之作，他在画的一角用掺糅篆隶笔意的草书写了自己的名字：管又萍，若干年后，我才体会到管又萍的署名后面所挹注的画工的辛酸。画像的画工是从来不署名的。

若干年后，我才认识到管又萍是一个优秀的肖像画家，并认识到中国的肖像画有一套自成体系的肖像画理论和技法。

我的二伯父和我的生母的像都是管又萍画的。二伯父端坐在椅子上，穿着却是明朝的服装，头戴方巾，身着湖蓝色的斜领道袍。这可能是尊重二伯父的遗志，他是反满的。我没有见过二伯父，但是据说是画得很像的。我母亲去世时我才三岁，记不得她的样子，但我相信也是画得很像的，因为画得像我的姐姐，家里人说我姐姐长得很像我母亲。画工画像并不参照照片，是死人断气后，在床前直接勾描的。

然后还得起一个初稿。初稿只画出颜面，画在熟宣纸上，上面蒙了一张单宣，剪出一个椭圆形的洞，像主的面形从椭圆形的洞里露出。要请亲人家属来审查，提意见，胖了，瘦了，颧骨太高，眉毛离得远了……管又萍按照这些意见，修改之后，再请亲属看过，如无意见，即可完稿。然后再画衣服。

画像是要讲价的，讲的不是工钱，而是用多少朱砂，多少石绿，贴多少金箔。

为了给我的二伯母画像，管又萍到我家里和我的父亲谈了几次，所以我知道这些手续。

管又萍的“生意”是很好的，因为他画人很像，全县第一。

这是一个谦恭谨慎的人，说话小声，走路低头。

出北门，有一家卖画的。因为要下一个坡，而且这家的门总是关着，我没有进去看过。这家的特点是每年端午节前在门前柳树上拉两根绳子，挂出几十张钟馗。饮酒、醉眠、簪花、骑驴，仗剑叱鬼、从鸡笼里掏鸡、往胆瓶里插菖蒲、嫁妹、坐着山轿出巡……大概这家藏有不少种钟馗的画稿，每年只要照描一遍。钟馗在中国人物画里是个很有人性、很有幽默感的可爱的形象。我觉得美术出版社可以把历代画家画的钟馗收集起来出一本《钟馗画谱》，这将是一本非常有趣的画册。这不仅有美术意义，对了解中国文化也是很有意义的。

新巷口有一家“画匠店”，这是画画的作坊。所生产的主要是“家神菩萨”。家神菩萨是几个本不相干的家族的混合集体。最上一层是南海观音和善财龙女。当中是关云长和关平、周仓。下面是财神。他们画画是流水作业，“开脸”的是一个人，画衣纹的是另一个人，最后加彩贴金的又是一个人。开脸的是老画匠，做下手活的是小

钟馗在中国人物画里是个很有人性、很有幽默感的可爱的形象。

徒弟。画匠店七八个人同时做活，却听不到声音，原来学画匠的大都是哑巴。这不是什么艺术作品，但是也还值得看看。他们画得很熟练，不会有败笔。有些画法也使我得到启发。比如他们画衣纹是先用淡墨勾线，然后在必要的地方用较深的墨加几道，这样就有立体感，不是平面的，我在画匠店里常常能站着看一个小时。

这家画匠店还画"玻璃油画"。在玻璃的反面用油漆画福禄寿或老寿星。这种画是反过来画的，作画程序和正面画完全不同。比如画脸，是先画眉眼五官，后涂肉色；衣服先画图案，后涂底子。这种玻璃油画是作插屏用的。

我们县里有几家裱画店，我每一家都要走进去看看。但所裱的画很少好的。人家有古一点的好画都送到苏州去裱。本地裱工不行，只有一次在北市口的裱画店里看到一幅王匋民写的八尺长的对子，给我留下深刻的印象，我认为王匋民是我们县的第一画家。他的字也很有特点，我到现在还说不准他的字的来源，有章草，又有王铎、倪瓒。他用侧锋写那样大的草书对联，这种风格我还没有见过。

酒瓶诗画

阿城送我一瓶湘西凤凰的酒，说："主要是送你这只酒瓶。酒瓶是黄永玉做的。"是用红泥做的，形制拙朴，不上釉。瓶腹印了一小方大红的蜡笺，印了两个永玉手写的漆黑的字；扎口是一小块红布。全国如果举行酒瓶评比，这个瓶子可得第一。

茅台酒瓶本不好看，直筒筒的，但是它已创出了牌子。许多杂牌酒也仿造这样的瓶子，就毫无意义，谁也不会看到这样的酒瓶就当作茅台酒买下来。

不少酒厂都出了瓷瓶的高级酒。双沟酒厂的仿龙泉釉刻花的酒瓶，颜色形状都不错，喝完了酒，可以当花瓶，插两朵月季。杏花村汾酒厂的"高白汾酒"瓶做成一个胖鼓鼓的小坛子，釉色如稠酱油，印两道银色碎花，瓶盖是一个覆扣的酒杯，也挺好玩。"瓷瓶汾酒"颈细而下丰，白瓷地，不难看，只可惜印的图案稍琐碎。酒厂在酒瓶包装上做文章，原是应该的。

一般的瓷瓶酒的瓶都是观音瓶，即观音菩萨用来洒净水的那样的瓶。如果是素瓷，还可以，喝完酒，摆在桌上也不难看。只是多要印上字画：一面是嫦娥奔月或麻姑献寿或天女散花，另一面是唐诗一首。不知道为什么，写字的人多爱写《枫桥夜泊》，这于酒实在毫不相干。这样一来，就糟了，因为"雅得多么俗"。没有人愿意保存，卖给收酒瓶的，也不要。

题画二则

（一）

梅畹华家牵牛花碗大，人谓外人种也，余画其最小者。

齐白石为荣宝斋画笺纸并题

白石题语很幽默，很有风趣。

白石老人尝谓：吾诗第一，字第二，画第三。此言有些道理。画之品味高低决定画中是否有诗，有多少诗。画某物即某物，即少内涵，无意境，无感慨，无喜笑怒骂，苦辣酸甜。有些画家，功力非不深厚，但恨少诗意。他们的画一般都不题诗，只是记年月。徐悲鸿即为不善题画而深深遗憾。

我一贯主张，美术学院应延聘名师教学生写诗，写词，写散文。一个画家，首先得是诗人。

（二）

天竹是灌木，别有草本者。齐白石曾画。他爱画草本天竹，因为是他乡之物。而我宁取木本者，以其坚挺结实，果粒色也较深。齐白石自画其草本天竹，我画我的。谁也管不着谁。

白石老人尝谓：吾诗第一，字第二，画第三。此言有些道理。画之品味高低决定画中是否有诗，有多少诗。

天竹和腊梅是春节胜景，天然的搭配。我的家乡特重白色花心的腊梅，美之为“冰心腊梅”，而将紫色花心的一种贬之为“狗心腊梅”。古人则重紫心的，称为“磬口檀心”。对花木的高低褒贬也和对人一样，一人一个说法，只好由他去说。

文长书画的来源

徐文长善书法。陶望龄《徐文长传》谓：

> 渭于行草书尤精奇伟杰。尝言吾书第一，诗二，文三，画四，识者许之。

袁宏道《徐文长传》云：

> 文长喜作书，笔意奔放如其诗，苍劲中姿媚跃出。予不能书，而谬谓文长书决当在王雅宜、文徽仲之上。不论书法而论书神，先生者诚八法之散圣，字林之侠客也。

陶望龄谓文长"其论书主于运笔，大概仿诸米氏云"。黄汝亨《徐文长集序》谓："书似米颠，而棱棱散散过之，要皆如其人而止。"文长书受米字的影响是明显的，但不主一家。文长题跋，屡次提到南宫，但并不特别地推崇，以为是天下一人。他对宋以后诸家书的评价是公正客观的，不立门户。《徐文长逸稿·评字》：

> 黄山谷书如剑戟，构密是其所长，潇散

是其所短。苏长公书专以老朴胜，不似其人之潇洒，何耶？米南宫一种出尘，人所难及，但有生熟，差不及黄之匀耳。蔡书近二王，其短者略俗耳。劲净而匀，乃其所长。孟频虽媚，犹可言也。其似算子，率俗书，不可言也。尝有评吾书者，以吾薄之，岂其然乎？倪瓒书从隶入，辄在钟元常《荐季直表》中夺舍投胎。古而媚，密而散，未可以近而忽之也。吾学索靖书，虽梗概亦不得。然人并以章草视之，不知章稍逸而近分，索则超而仿篆。……

文后有小字一行："先生评各家书，即效各家体，字画奇肖，传有石文"。这行小字大概是逸稿的编集者张宗子注的。据此，可以知道他是遍览诸家书，且能学得很像的。

徐文长原来是不会画画的。《书刘子梅谱二首》题有小字："有序。此予未习画之作。"他的习画，始于何时，诗文中皆未及。他是跟谁学的画，亦不及。他的画受林良的影响是有目共睹的。他对林良是钦佩的，《刘巢云雁》诗劈头两句就是："本朝花鸟谁第一？左广林良活欲逸。"林良喜画松鹰大幅，气势磅礴。文长小品秀逸，意思却好。如画海棠题诗："海棠弄春垂紫丝，一枝立鸟压花低。去年二月如曾见，却是谁家湖石西。""一枝立鸟压花低"，此林良所不会。文长诗也提到吕纪，但其画殊不似吕。文长也画人物。集中有《画美人》诗，下注"湖石、牡丹、杏花，美人睹飞燕而笑"，诗是：

牡丹花对石头开，雨燕低飞杏杪来。

海棠弄春垂紫丝，一枝立鸟压花低。去年二月如曾见，却是谁家湖石西。

勾引美人成一笑，画工难处是双腮。

这诗不知是题别人的画还是题自己的画的。我非常喜欢“画工难处是双腮”，此前人所未道。我以为这是徐渭自己的画，盖非自己亲画，不能体会此中难处。即此中妙处。文长亦偶作山水，不多，但对山水画有精深的赏鉴。他给沈石田写过几首热情洋溢的诗。对倪云林有独特的了解。《书吴子所藏画》：“闽吴子所藏红梅双鹊画，当是倪元镇笔，而名姓印章则并主王元章，岂当时倪适在王所，戏成此而遂用其章耶？”倪元镇画花鸟，世少见，文长的猜测实在是主观武断，但非深知云林者不能道也。此津津于印章题款之鉴赏家所能梦见者乎！但是文长毕竟是花卉画家，他的真正的知交是陈道复。白阳画得熟，以熟胜。青藤画得生，以生胜。

论书与画的关系

《书八渊明卷后》云：

览渊明貌，不能灼知其为谁，然灼知其为妙品也。往在京邸，见顾恺之粉本曰断琴者，殆类是。盖晋时顾陆辈笔精，匀圆劲净，本古篆书家象形意。其后为张僧繇、阎立本，最后乃有吴道子、李伯时，即稍变，犹知宗之。迨草书盛行，乃始有写意画，又一变也。卷中貌凡八人，而八犹一，如取诸影，僮仆策杖，亦靡不历历可相印，其不苟如此，可以想见其人矣。

“书画同源”“书画相通”，已成定论，研究美学，研究中国美术史者都会说，但说不到这样原原本本。“迨草书盛行，乃始有写意画”，尤为灼见。探索写意画起源的，往往东拉西扯，徒乱人意，总不如文长一刀切破，干净利索。文长是画写意画的，有人至奉之为写意花卉的鼻祖，扬州八家的先河，则文长之语可谓现身说法，夫子自道矣。袁宏道说：“先生者诚八法之散圣，字林之侠客也。间以其馀，旁溢为花草竹石，皆超逸有致。”是直以写意画为行草字之，不吾欺也。

论庄逸工草

文长字画皆豪放。陶望龄谓其行草书“尤精奇伟杰”；袁宏道谓其书“奔放如其诗”。其作画，是有意识的写意，笔墨淋漓，取快意于一时，不求形似，自称曰“涂”，曰“抹”，曰“扫”，曰“狂扫”。《写竹赠李长公歌》：“山人写竹略形似，只取叶底潇潇意。譬如影里看丛梢，那得分明成个字！”《画百花卷与史甥，题曰漱老谑墨》：“葫芦依样不胜揩，能如造化绝安排，不求形似求生韵，根拨皆吾五指栽。胡为乎，区区枝剪而叶裁？君莫猜，墨色淋漓而拨开！”他画的鱼甚至有三个尾巴。《偶旧画鱼作此》：“元镇作墨竹，随意将墨涂，凭谁呼画里，或芦或呼麻。我昔画尺鳞，人问此何鱼。我亦不能答，张颠狂草书。”

《书刘子梅谱二首序》云：

> 刘典宝一日持所谱梅花凡二十有二以过余请评。予不能画，而画之意则稍解。至于诗则不特稍解，且稍能矣。自古咏梅诗以千百计，大率刻深而求似多不足，而约略而不求似者多有余。然则画梅者得无亦似之乎？典宝君之谱梅，其画家之法必不可少者，予不能道之，至若其不求似而有余，则予之所深取也。

“不足”“有余”之说甚精。求似会失去很多东西，而不求似则能保留更多东西。

但他并不主张全无法度。写字还得从规矩入门。《跋停云馆帖》云：

> 待诏文先生讳徵明摹刻停云馆帖，装之，多至十二本。虽时代人品，各就其资之所近，自成一家，不同矣。然其入门，必自分间布白，未有不同者也。舍此则书者为痹，品者为盲。

《评字》亦云：“分间有白，指实掌虚，以为入门。”在此基础上，方能求突破。“迨布匀而不必匀，笔态入净媚，天下无书矣。”

徐文长不太赞成字如其人。《大苏所书金刚经石刻》云："论书者云，多似其人。苏文忠人逸也，而书则壮。"《评字》云："苏长公书专以老朴胜，不似其人之潇洒，何耶？"他自作了解释："壮和逸不是绝对的，壮中可以有逸。""文忠书法颜，至比杜少陵之诗、昌黎之文，吴道子之画。盖颜之书，即壮亦未尝不逸也。"（《大苏所书金刚经石刻》）

同样，他认为工与草也是相对的，有联系的。《书沈徵君周画》：

世传沈徵君画多写意，而草草者倍佳，如此卷者乃其一也。然予少客吴中，见其所为渊明对客弹阮，两人躯高可二尺许，数古木乱云霭中，其高再倍之，作细描秀润，绝类赵文敏、杜惧男。此又见姑苏八景卷，精致入丝毫，而人渺小止一豆。唯工如此，此草者之所以益妙也。不然将善趋而不善走，有是理乎？

"善趋而不善走，有是理乎？"是一句大实话，也是一句诚恳的话。然今之书画家不善走而善趋者亦众矣，吁！

论"侵让"——李北海和赵子昂

《书李北海帖》："李北海此帖，遇难布处，字字侵让，互用位置之法，独高于人。世谓集贤师之，亦得其皮耳。盖详于肉而略于骨，辟如折枝海棠，不连铁干，添妆则可，生意却亏。”

“侵让”二字最为精到，谈书法者似未有人拈出。此实是结体布行之要诀。有侵，有让，互相位置，互相照应。则字字如亲骨肉，字与字之关系出。“侵让”说可用于一切书法家，用之北海，觉尤切。如字字安分守己，互不干涉，即成算子。如此书家，实是呆鸟。“折枝海棠，不连铁干”，也是说字是单摆浮搁的。

徐文长对赵子昂是有微词的，但说得并不刻薄。《赵文敏墨迹洛神赋》云：

> 古人论真行与篆隶，辨圆方者，微有不同。真行始于动，中以静，终以媚。媚者盖锋稍溢出，其名曰姿态。锋太藏则媚隐，太正则媚藏而不悦，故大苏宽之以侧笔取妍之说。赵文敏师李北海，净均也。媚则赵胜李，动则李胜赵。夫子建见甄氏而深悦之，媚胜也。后人未见甄氏，读子建赋无不深悦之者，赋之媚亦胜也。

徐文长这段话说得恍恍惚惚，简直不知道是褒还是贬。“媚”总是不好的。子昂弱处正在媚。文长指出这和他的生活环境有关。《书子昂所写道德经》云：“世好赵书，女取其媚也，责以古服劲装可乎？盖帝胄王孙，裘马轻纤，足称其人矣。他书率然，而道德经为尤媚。然可以为槁涩顽粗，如世所称枯柴蒸饼者之药。”

论变

书画家不会总是一副样子，往往要变。《跋书卷尾二首》记了一个有趣的故事：

董丈尧章一日持二卷命书，其一沈徵君画，其一祝京兆希哲行书，钳其尾以余试。而祝此书稍谨敛奔放，不折梭。余久乃得之曰：“凡物神者则善变，此祝京兆变也，他人乌能辨。”丈弛其尾，坐客大笑。

“变”常是不期然而得之，如窑变。《书陈山人九皋氏三卉后》云：

陶者间有变，则为奇品。更欲效之，则尽薪竭钧，而不可复。予见山人卉多矣，曩在日遗予者，不下十数纸，皆不及此三品之佳。滃然而云，莹然而雨，泫泫然而露也。殆所谓陶之变耶？

书画豪放者，时亦温婉。《跋陈白阳卷》：

陈道复花卉豪一世，草书飞动似之。独此帖既纯完，又多而不败。盖余尝见闽楚壮士裘马剑戟，则凛然若熊罴，及解而当绣刺之绷，亦颓然若女妇，可近也。此非道复之书与染耶？

“岁朝清供”是中国画家爱画的画题。明清以后画这个题目的尤其多。任伯年就画过不少幅。画里画的、实际生活里供的，无非是这几样：天竹果、腊梅花、水仙。有时为了填补空白，画里加两个香橼。“橼”谐音圆，取其吉利。水仙、腊梅、天竹，是取其颜色鲜丽。隆冬风厉，百卉凋残，晴窗坐对，眼目增明，是岁朝乐事。

我家旧园有腊梅四株，主干粗如汤碗，近春节时，繁花满树。这几棵腊梅磬口檀心，本来是名贵的，但是我们那里重白心而轻檀心，称白心者为“冰心”，而给檀心的起一个不好听的名子：“狗心”。我觉得狗心腊梅也很好看。初一一早，我就爬上树去，选择一大枝——要枝子好看，花蕾多的，拗折下来——腊梅枝脆，极易折，插在大胆瓶里。这枝腊梅高可三尺，很壮观。天竹我们家也有一棵，在园西墙角。不知道为什么总是长不大，细弱伶仃，结果也少。我不忍心多折，只是剪两三穗，插进胆瓶，为腊梅增色而已。

我走过很多地方，像我们家那样粗壮的腊梅还没有见过。

在安徽黟县参观古民居，几乎家家都有两三丛天竹。有一家有一棵天竹，结了那么多果子，简直是岂有此理！而且颜色是正红——一般天竹果都偏一点

隆冬风厉，百卉凋残，晴窗坐对，眼目增明，是岁朝乐事。

紫。我驻足看了半天，已经走出门了，又回去看了一会。大概黟县土壤气候特宜天竹。

在杭州茶叶博物馆，看见一个山坡上种了一大片天竹。我去时不是结果的时候，不能断定果子是什么颜色的，但看梗干枝叶都作深紫色，料想果子也是偏紫的。

任伯年画天竹，果极繁密。齐白石画天竹，果较疏；粒大，而色近朱红。叶亦不作羽状。或云此别是一种，湖南人谓之草天竹，未知是否。

养水仙得会“刻”，否则叶子长得很高，花弱而小，甚至花未放蕾即枯瘪。但是画水仙都还是画完整的球茎，极少画刻过的，即福建画家郑乃珖也不画刻过的水仙。刻过的水仙花美，而形态不入画。

北京人家春节供腊梅、天竹者少，因不易得。富贵人家常在大厅里摆两盆梅花（北京谓之“干枝梅”，很不好听），在泥盆外加开光丰彩或景泰蓝套盆，很俗气。

穷家过年，也要有一点颜色。很多人家养一盆青蒜。这也算代替水仙了吧。或用大萝卜一个，削去尾，挖去肉，空壳内种蒜，铁丝为箍，以线挂在朝阳的窗下，蒜叶碧绿，萝卜皮通红，萝卜英翻卷上来，也颇悦目。

广州春节有花市，四时鲜花皆有。曾见刘旦宅画“广州春节花市所见”，画的是一个少妇的背影，背兜里背着一个娃娃，右手抱一大束各种颜色的花，左手拈花一朵，微微回头逗弄娃娃，少妇着白上衣，银灰色长裤，身材很苗条。穿浅黄色拖鞋。轻轻两笔，勾出小巧的脚跟。很美。这幅画最动人之处，正在脚跟两笔。

这样鲜艳的繁花，很难说是“清供”了。

曾见一幅旧画：一间茅屋，一个老者手捧一个瓦罐，内插梅花一枝，正要放到案上，题目：“山家除夕无他事，插了梅花便过年”，这才真是“岁朝清供”！

张大千和毕加索

杨继仁同志写的《张大千传》是一本有意思的书。如果能挤去一点水分，控制笔下的感情，使人相信所写的多是真实的，那就更好了。书分上下册。下册更能吸引人，因为写得更平实而紧凑。记张大千与毕加索见面的一章（《高峰会晤》）写得颇精彩，使人激动。

……毕加索抱出五册画来，每册有三四十幅。张大千打开画册，全是毕加索用毛笔水墨画的中国画，花鸟鱼虫，仿齐白石。张大千有点纳闷。毕加索笑了："这是我仿贵国齐白石先生的作品，请张先生指正。"

张大千恭维了一番，后来就有点不客气了，侃侃而谈起来："毕加索先生所习的中国画，笔力沉劲而有拙趣，构图新颖，但是有一个很大的问题，就是不会使用中国的毛笔，墨色浓淡难分。"

毕加索用脚将椅子一勾，搬到张大千对面，坐下来专注地听。

"中国毛笔与西方画笔完全不同。它刚柔互济，含水量丰，曲折如意。善使用者'运墨而五色具'。墨之五色，乃焦、浓、重、淡、清。中国画，黑白一分，自现阴阳明暗；干湿皆备，就显苍翠秀润；浓淡明辨，凹凸远近，高低上下，历历皆入人眼。可见要画好中国画。首要者要运好笔，以笔为主导，发挥墨法的作用，才能如兼五彩。”

这一番运笔用墨的道理，对略懂一点国画的人，并没有什么新奇。然在毕加索，却是闻所未闻。沉默了一会，毕加索提出：“张先生，请你写几个中国字看看，好吗？”

张大千提起桌上一支日本制的毛笔，蘸了碳素墨水，写了三个字：“张大千。”

（张大千发现毕加索用的是劣质毛笔，后来他在巴西牧场从五千只牛耳朵里取了一公斤牛耳毛，送到日本，做成八支笔，送了毕加索两支。他回赠毕加索的画，画的是两株墨竹——毕加索送张大千的是一张西班牙牧神，两株墨竹一浓一淡，一远一近，目的就是在告诉毕加索中国画阴阳向背的道理。）

毕加索见了张大千的字，忽然激动起来：

“我最不懂的，你们中国人为什么跑到巴黎来学艺术？

“……在这个世界谈艺术，第一是你们中国人有艺术；其次为日本，日本的艺术又源自你们中国；第三是非洲人有艺术。除此之外，白种人根本无艺术，不懂艺术！”

毕加索用手指指张大千写的字和那五本画册，说：“中国画真神奇。齐先生画水中的鱼，没一点色，一根线画水，却使人看到了江河，嗅到水的清香。真是了不起的奇迹。……有些画看上去一无所有，却包含着一切。连中国的字，都是艺术。”这话说得很一般化，但这是毕加索说的，故值得注意。毕加索感伤地说：“中国的兰花墨竹，是我永远不能画的。”这话说得很有自知之明。

“张先生，我感到，你是一个真正的艺术家。”

毕加索的话也许有点偏激，但不能说是毫无道理。

毕加索说的是艺术，但是搞文学的人是不是也可以想想他的话？

有些外国人说中国没有文学，只能说他无知。有些中国人也跟着说，叫人该说他什么好呢？

张郎且莫笑郭郎

我从小就爱看漫画。家里订了老《申报》，《申报》有杂文版，杂文版每天有一幅漫画，漫画的作者是杨清磬和丁悚。丁悚即丁聪的父亲，人称“老丁”。丁聪所以被称为“小丁”，大概和他的令尊称为“老丁”有关。杨清磬和丁悚好像是包了这块地盘，“轮流值班”，一天不落。他们作画都很勤，而画风互异，一望而知。杨清磬用笔柔细飘逸，而丁悚则比较奔放老辣，于人事有较深的感慨。我曾经见过一张老丁的画，画面简练：一个人在扬袖而舞；另一人据案饮酒，神情似在对舞者的嘲笑。画之右侧题诗一首：

张郎当筵笑郭郎，笑他舞袖太郎当。
若教张郎当筵舞，恐更郎当舞袖长。

不知道是谁的诗，是老丁自己的大作还是借用别人的？诗是通俗好懂的，但是很有意思，读起来也很好听，因此我看过就记住了，差不多过了七十年了，还记得。人的记忆也很怪。不过主要还是因为诗和画都好。

现在能画这样的画——笔意在国画和漫画之间，能题这样也深也浅，富于阅历的诗的画家似乎没有了。这样的画家要具备两个条件：一是得是画家，二是得是诗人。

我曾把老丁题画诗抄给小丁，他说他一点印象也没有，岂有此理！

小丁说他对老大人的画，一张也没有保留下来。我建议丁聪在其“家长”协助下，把丁悚的作品搜集搜集，出一本《丁悚画集》。这对丁悚是个纪念，同时也可供医学界研究小丁身上的遗传基因是怎样来的。

写字

写字总得从临帖开始。我比较认真地临过一个时期的帖，是在十多岁的时候，大概是小学五年级、六年级和初中一年级的暑假。我们那里，那样大的孩子“过暑假”的一个主要内容便是读古文和写字。一个暑假，我从祖父读《论语》，每天上午写大、小字各一张，大字写《圭峰碑》，小字写《闲邪公家传》，都是祖父给我选定的。祖父认为我写字用功，奖给了我一块猪肝紫的端砚和十几本旧拓的字帖：我印象最深的是一本褚河南的《圣教序》。这些字帖是一个败落的世家夏家卖出来的。夏家藏帖很多，我的祖父几乎全部买了下来。一个暑假，从一个姓韦的先生学桐城派古文、写字。韦先生是写魏碑的，他让我临的却是《多宝塔》。一个暑假读《古文观止》、唐诗，写《张猛龙》。这是我父亲的主意。他认为得写写魏碑，才能掌握好字的骨力和间架。我写《张猛龙》，用的是一种稻草做的纸——不是解大便用的草纸，很大，有半张报纸那样大，质地较草纸紧密，但是表面相当粗。这种纸市面上看不到卖，不知道父亲是从什么地方买来的。用这种粗纸写魏碑是很合适的，运笔需格外用力。其实不管写什么体的字，都不宜用过于平滑的纸。古人写字多用麻纸，是不平滑的。像澄心堂纸那样细腻的，是不多见的。这三部帖，给我的字打了底子，尤其是《张猛龙》。到现在，从我的字里还可以看出它的影响，结体和用笔。

临帖是很舒服的，可以使人得到平静。初中以后，我就很少有整桩的时间临帖了。读高中时，偶尔临一两张，一曝十寒。二十岁以后，读了大学，极少临帖。曾在昆明一家茶叶店看到一副对联："静对古碑临黑女，闲吟绝句比红儿"。这副对联的作者真是一个会享福的人。《张黑女》的字我很喜欢，但是没有临过，倒是借得过一本，反反复复，"读"了好多遍。《张黑女》北书而有南意，我以为是从魏碑到二王之间的过渡。这种字体很难把握，五十年来，我还没有见过一个书家写《张黑女》而能得其仿佛的。

写字，除了临帖，还需"读帖"。包世臣以为读帖当读真迹，石刻总是形似，失去原书精神，看不出笔意，固也。试读《三希堂法帖·快雪时晴》，再到故宫看看原件，两者比较，相去真不可以道里计。看真迹，可以看出纸、墨、笔之间的关系。尤其是"运墨"："纸墨相得"，是从拓本上感觉不出来的。但是真迹难得看到，像《快雪时晴》《奉橘帖》那样的稀世国宝，故宫平常也不拿出来展览。隔着一层玻璃，也不便揣摩谛视。求其次，则可看看珂罗版影印的原迹。多细的珂罗版也是有网纹的，印出来的字多浅淡发灰，不如原书的沉着入纸。但是，毕竟慰情聊胜无，比石刻拓本要强得多。读影印的《祭侄文》，才知道颜真卿的字是从二王来的，流畅潇洒，并不都像《麻姑仙坛》那样见棱见角的"方笔"；看《兴福寺碑》，觉赵子昂的用笔也是很硬的，不像坊刻应酬尺牍那样柔媚。再其次，便只好看看石刻拓本了。不过最好要旧拓。从前旧拓字帖并不很贵，逛琉璃厂，挟两本旧帖回来，不是难事。现在可不得了了！前十年，我到一家专卖碑帖的铺子里，见有一部《淳化阁帖》，我请售货员拿下来看看，售货员站着不动，只说了个价钱。他的意思我明白：你买得起吗？我只好向他道歉：“那就不麻烦你了！”现在比较容易得到的丛帖是北京日报出版社影印的《三希堂法帖》。乾隆本的《三希堂法帖》是浓墨乌金拓。我是不喜欢乌金拓的，太黑，且发亮。北京日报出版社用重磅铜版纸印，更显得油墨堆浮纸面，很“暴”。而且分装四大厚册，很重，展玩极其不便。不过能有一套《三希堂法帖》已属幸事，还有什么话可说呢?

《三希堂法帖》收宋以后的字很多。对于中国书法的发展，一向有两种对立的意见。一种以为中国的书法，一坏于颜真卿，二坏于宋四家。一种以为宋人书是一个重要的突破。宋人宗法二王，而不为二王所囿，用笔洒脱，显出各自的个性和风格。有人一辈子写晋人书体，及读宋人帖，方悟用笔。我觉两种意见都有道理。但是，二王书如清炖鸡汤，宋人书如棒棒鸡。清炖鸡汤是真味，但是吃惯了麻辣的川味，便觉得什么菜都不过瘾。一个人多“读”宋人字，便会终身摆脱不开，明知趣味不高，也没有办法。话又说回来，现在书家中标榜写二王的，有几个能不越雷池一步的？即便是沈尹默，他的字也明显地看出有米字的影响。

“宋四家”指苏（东坡）、黄（山谷）、米（芾）、蔡。“蔡”本指蔡京，但因蔡京人品不好，遂以蔡襄当之。早就有人提出这个排列次序不公平。就书法成就说，应是蔡、米、苏、黄。我同意。我认为宋人书法，当以蔡京为第一。北京日报出版社《三希堂法帖与书法家小传》卷二，称蔡京“字势豪健，痛快沉着，严而不拘，逸而不外规矩。比其从兄蔡襄书法，飘逸过之，一时各书家，无出其左右者”“……但因人品差，书名不为世人所重”。我以为这评价是公允的。

这里就提出一个多年来缠夹不清的问题：人品和书品的关系。一种很有势力的意见以为，字品即人品，字的风格是人格的体现。为人刚毅正直，其书乃能挺拔有力。典型的代表人物是颜真卿。这不能说是没有道理，但是未免简单化。有些书法家，人品不能算好，但你不能说他的字写得不好，如蔡京，如赵子昂，如董其昌，这该怎么解释？历来就有人贬低他们的书法成就。看来，用道德标准、政治标准代替艺术标准，是古已有之的。看来，中国的书法美学、书法艺术心理学，得用一个新的观点、新的方法来重新开始研究。简单从事，是有害的。

蔡京字的好处是放得开，《与节夫书帖》《与宫使书帖》可以为证。写字放得开并不容易。书家往往于酒后写字，就是因为酒后精神松弛，没有负担，较易放得开。相传王羲之的《兰亭序》是醉后所写。苏东坡说要“酒气拂拂从指间出”，才能写好字，东坡《答钱穆父诗》书后自题是“醉书”。万金跋此帖后云：

“右军兰亭，醉时书也。东坡答钱穆父诗，其后亦题曰醉书。较之常所见帖大相远矣。岂醉者神全，故挥洒纵横，不用意于布置，而得天成之妙欤？不然则兰亭之传何其独盛也如此。”

说的是有道理的。接连写几张字，第一张大都不好，矜持拘谨。大概第三四张较好，因为笔放开了。写得太多了，也不好，容易“野”。写一上午字，有一张满意的，就很不错了。有时一张都不好，也很别扭。那就收起笔砚，出去遛个弯儿去。写字本是遣兴，何必自寻烦恼。

文人与书法

自古以来很多文人的字是写得很好的。

李白的《上阳台诗》是不是真迹还有争议，但杜牧的《张好好诗》没问题。宋四家都是文学家兼书法家。有人认为中国的书法一坏于颜真卿，再坏于宋四家，未免偏颇。宋人是很懂书法之美的。苏东坡自己说得很明确："我虽不善书，晓书莫如我。"他本人确实懂字。他的字很多，我觉得不如蔡京的，蔡京字好人不好，但不能因人废书。

也有文人的字写得不好。我见过司马光的一件作品，字不好。四川乐山有他一块碑，写得还可以。他不算书法家，但他的字很有味，是大学问家写的字。大学问家字写得不好的还有不少，如龚定庵。他一生没当过翰林，就是因为书法不行。他中过进士，但没点翰林。他的字虽然不好，但很有味。这种文人书法的"味"，常常不是职业书法家所能达到的。

我觉得要重视书法。我到过台湾，有一个感觉。台湾的牌匾，大部分是欧体，不像我们这里的字龙飞凤舞、非隶非篆。台湾是欧体、唐楷居多，他们故宫博物院的说明书也全是欧体。这使我想到一个问题，写字还要从楷书学起。楷书比较规整的是欧体。如果一开始就写颜体，容易叫小孩把字写坏了。茅盾的字有点欧味，有人说像成亲王，茅公说他没学过成亲王。扬州有人考证茅公的字是从欧字来的，但不是九成宫那类楷书，而是欧的行书体。

书法的发展不是孤立的，应该以传统文化为基础。台湾对传统文化比较重视。台湾的书法比较端正。台湾很多作家能背很多古文。台湾的教科书中没有白话文，全是文言文。这样做不一定对。但是从我们的语文教材比例看，文言文的比重比较少。我认为，作为一个作家，不熟读若干古文，是不适于写散文的，小说另当别论。

现在，有那么多人喜欢书法，爱好字，这是件好事。写字应该从小抓起，但现在的小学生很麻烦，因为老师就不懂书法，写的都是印刷体、仿宋体。写字还得从楷书入手。

还有个麻烦，就是换笔问题。我是换不了笔的。相当多年以前，我是用毛笔写稿的，写的是竖行。后来改成横写，别扭了好几年。到现在我也很难想象怎样用电脑写作，我认为电脑写作是机器在写作而不是我在写作，感觉不一样。我至少在相当长的时间里办不到这一点。当然写几十万字的长篇小说也可能用电脑更方便，我因为不写长东西，所以还是喜欢用笔。换笔对于书法发展的影响，也是一个值得注意的问题。

现在有一个书协，会员那么多，成就那么大，这是很令人欣慰的事。要写好字，有必要强调基本功。现在写篆隶，有的人是有真功夫的，有的是花架子。应该首先把楷书、行书写好。有人写很大的篆隶，题款不像样子，行书都不会写。现在还有人鼓励小孩子写篆隶，我以为不妥，还是先写楷书为好。

中国的毛笔应该怎样做，也很值得商讨。唐以前用的不是羊毫，但现在硬毫太少了，羊毫长锋盛行。日本书法多是狼毫写的，我们现在的笔是大肥肚子，写不了多少字就掉毛。毛笔制作也要不拘一格，这样才有利于书法的发展。早年胡小石在昆明时，正赶上灭鼠运动，他借机攒了不少鼠须用来制笔，他的字有不少就是用鼠须笔写的。

字的灾难

北京人遭到一场字的灾难。

从前在北京上街，遇不到这样多的字。看到一些字，是很愉快的。到琉璃厂一带看看“青藜阁”之类的旧书店、各家南纸店的招牌，是一种享受。这些匾大小合适，制作讲究而朴素，字体清雅无火气。经过卖藤萝饼的“正明斋”，卖帽子的“同陞和”，招牌上骨力强劲而并不霸悍的大字会使人放慢脚步多看两眼。许多不大的铺子门前，还能看到“有匾皆书瑢”的王瑢的稍带行书笔意的欧体字，虽多，但不俗。东单牌楼香烛店的“细心坚烛、诚意高香”，西单牌楼桂香村的“味珍鸡蹠、香渍豚蹄”，那字也看得过去。就是煤铺门外粉壁上的“乌金墨玉、石火光恒”，写的也并非“酱肘子字”，北京牌匾的字多可看，让人觉得北京真是“文化城”，有文化。

现在可不然了。满街都是字。许多店铺把所卖的货物用红漆写在门前的白墙上，更多的是用塑料刻的字反贴在橱窗的大玻璃上。一个五金交电公司，可以把阀门、导管、扁线、圆线、开关、变压器……一塌刮子都标明在橱窗上，写得满满的。这是干什么？如果是中药店呢？是不是要把人参、鹿茸、甘草、黄芪、防风、连翘、肉桂、厚朴、槟榔、通草、福橘络、菟丝子……都写在橱窗上？再加上到处的菜摊都用竖立的黑板，白粉大书：“艽茅”；所有的小饭馆都在门外矗着一个红漆的牌子，用黄色的广告色写道：“涮羊肉”，于是北京到处是字，喧嚣哄闹，一塌糊涂。

“文化大革命”以后，逐渐恢复了请人写招牌的风气，这本是好事。我很欣赏天桥实惠餐馆的一块很小的匾，黑地绿字，写的是繁体字，笔画如兰叶，稍带分书笔意，却不作蚕头燕尾，字体微长，横平竖直，很雅致。大字里最好的我以为是“懋隆”，只有两个字。这两个字笔划都多，本不好摆，但是位置摆得恰好，很稳，而且笔到墨到，流畅饱满。我最初怀疑这是集的郑孝胥的字，后来看落款，是赵朴初写的（落款有损“画面”的完整，没有原来的好看了）。赵朴老的匾还有一块写得很好的是“功德林”（这是一个素菜馆）。启功写的匾，我以为最好看的是“洞庭春酒家”，不大，黑地金字，放在一个垂花门里，真是美极了。启功老的字书生气重，放得太大，易显得单薄，这样大小正合适。陈叔老（亮）的字功力深厚。虽枯实腴，但笔稍瘦，又喜作行草，于牌匾不甚相宜。如为“鸿霞”写的一块，字很好，但那“霞”字写得很草，恐怕很多人不认得。近二三年，写的字在商店、公司、餐厅间最时行的，似是刘炳森和李铎。他们是中年书法家。刘炳森的字我在京西宾馆看过两个条幅，隶书，规规矩矩，笔也提得起，是汉隶，很不错。但是他写的招牌笔却是扁的，完全如包世臣所说：“毫铺纸上”，不知是写时即是这样，还是做招牌做成了这样？他的字常被用氧化铝这类的金属贴面，表面平滑，锃光瓦亮，越发显得笔很扁。隶书是不宜用这样的“工艺”处理的。李铎的字我在卧龙岗武侯祠看到过一副对联，字很潇洒，用笔犹有晋人意（不知我有没有记错）。但他近年的字变了，用笔捩转，结体险怪，字有怒气。这种字写八尺甚至丈二匹的大横幅，很有气势，但作商店的招牌不甚相宜。抬头看见几个愤愤不平的大字，也许会使顾客望而却步。刘炳森和李铎的字在商业界似乎已经产生一种迷信，似乎有了这样的字的招牌，这个买卖才算个像样的买卖，有如过去上海的银楼、绸缎庄都得请武进唐驼写一块匾，天津则粮食店、南货店都得请华世奎写一样。刘炳森和李铎应该意识到自己的社会责任，除了照顾老板、经理的商业心理（他们的字写成某种样子可能受了买主的怂恿），也照顾一下市民的审美心理。你们有没有意识到，你们的字对北京的市容是有影响的？

北京街上字多，而且越来越大，五颜六色，金光闪闪，这反映了北京人的一种浮躁的文化心理。希望北京的字少一点，小一点，写得好一点，使人有安定感，从容感。这问题的重要性不下于加强绿化。

"精品意识"是一个很好的提法。

写字作画，首先得有激情。要有情绪，为一人、一事、一朵花、一片色彩感动。有一种意向、一团兴致，勃勃然郁积于胸中，势欲喷吐而出。先有感情，后有物象。宋儒谓未有此事物，先有此事物之理，是有道理的。张大千以为气韵生动第一，其次才是章法结构，是有道理的。气韵是本体，章法结构是派生的。

作画写字当然要有理智、要练笔，要惨淡经营，有时要打草稿。曾见过齐白石画棉花草稿，用淡墨勾出棉花的枝叶，还注明草的朵瓣，叶的颜色。他有一张搔背图稿子，自己批注曰："手臂太长。"此可证明老人并不欺世，"作业"做得很认真。但是练笔起稿不是创作，只是创作的准备。创作时还是首先得"运气"。得有"临场发挥"。郑板桥论画竹：谓"胸中之竹已非园中之竹，纸上之竹又非胸中之竹矣"，良是。文与可、朱升之竹觉犹过于理智，过于严谨，少随意性，反不如明清以后画竹之萧散。曾看齐白石画展，见一册页，画荔枝，不禁驻足留连。时李可染适在旁边，说老人画此开时，李可染是看着他画的。画已接近完成，老人拈笔涂了两个黑荔枝，真是神来之笔。老人画荔枝多是在浅红底子上以西洋红点成。荔枝也没有黑的。老人只是觉得要一点黑，便濡墨飞了两个墨黑的小球，而全画遂跳出，红荔枝更加鲜活水灵。老人画黑荔枝是原先完全没有想到的，是一时兴起，是谓“天成”。黄永玉在蓝印染布上画了各式各样的鸟，有一只鸟，永玉说：“这只鸟我自己也不知道是怎么画出来的。”

写字画画是一种高度兴奋的精神劳动，需要机遇。形象随时都有，一把抓住，却是瞬息间事。心手俱到，纸墨相生，并非常有。“殆乎篇成，半折心始”，有时也会产生超过预期的艺术效果。“惬意”的作品，古人谓之“合作”——不是大家一起共同画一张画，而是达到甚至超过预期效果的作品。“合作”，也就是今天所说的“精品”。搞出一个精品，是最大的快乐。“提刀却立，四顾踌躇”，虽南面王不与易也。

必须有“精品意识”，才能有“精品”。现在是商品经济时代，艺术是有偿劳动，是要卖钱的。但是在进入艺术创作时，必须把这些忘掉。艺术要卖钱，但不能只是想卖钱，而是想要精品。

搞出一件精品，便是给此世界一点新东西，开拓了一个新的艺术品种，要创造。世界上本没有“抒情纪录片”，有之，自伊文斯开始。他拍了《鹿特丹之雨》，才开始有“抒情纪录片”这玩意。吾师乎！吾师乎！

老是想钱，制造出来的不会是精品，而是“凡品”。萝卜快了不洗泥，是糟蹋自己。老是搞凡品，是白活了一场。

生年不满百，能著几双屐。不要浪费生命。

言不尽意，诸惟保重不宣。

提笔翻书，学话小议

人/间/有/趣

语言

在西单听见交通安全宣传车播出“横穿马路不要低头猛跑”，我觉得这是很好的语言。在校尉营一派出所外宣传夏令卫生的墙报上看到一句话，“残菜剩饭必须回锅见开再吃”，我觉得这也是很好的语言。这样的语言真是可以悬之国门，不能增减一字。

语言的目的是使人一看就明白，一听就记住。语言的唯一标准，是准确。

北京的店铺，过去都用八个字标明其特点。有的刻在匾上，有的用黑漆漆在店面两旁的粉墙上，都非常贴切。“尘飞白雪，品重红绫”，这是点心铺。“味珍鸡蹠，香渍豚蹄”，是桂香村。煤铺的门额上写着“乌金墨玉，石火光恒”，很美。八面槽有一家“老娘”（接生婆）的门口写的是“轻车快马，吉祥姥姥”，这是诗。

店铺的告白，往往写得非常醒目。如“照配钥匙，立等可取”。在西四看见一家，门口写着“出售新藤椅，修理旧棕床”，很好。过去的澡堂，一进门就看见四个大字“各照衣帽”，真是简到不能再简。

《世说新语》全书的语言都很讲究。

同样的话，这样说，那样说，多几个字，少几个字，味道便不同。张岱记他的一个亲戚的话：“你张氏兄弟真是奇。肉只是吃，不知好吃不好吃；酒只是不吃，不知会吃不会吃。”有一个人把这几句话略改了几个字，张岱便斥之为“伧父”。

一个写小说的人得训练自己的“语感”。

要辨别得出，什么语言是无味的。

结构

戏剧的结构像建筑，小说的结构像树。

戏剧的结构是比较外在的、理智的。写戏总要有介绍人物，矛盾冲突、高潮（写戏一般都要先有提纲，并且要经过讨论），多少是强迫读者（观众）接受这些东西的。戏剧是愚弄。

小说不是这样。一棵树是不会事先想到怎样长一个枝子、一片叶子，再长的。它就是这样长出来了。然而这一个枝子，这一片叶子，这样长，又都是有道理的。从来没有两个树枝、两片树叶是长在一个空间的。

小说的结构是更内在的，更自然的。

我想用另外一个概念代替“结构”——节奏。

中国过去讲“文气”，很有道理。什么是“文气”？我以为是内在的节奏。“血脉流通”“气韵生动”，说得都很好。

小说的结构是更精细，更复杂，更无迹可求的。

苏东坡说“但常行于所当行，止于所不可不止”，说的是结构。

章太炎《蓟汉微言》论汪容甫的骈体文，“起止自在，无首尾呼应之式”。写小说者，正当如此。

小说的结构的特点，是：随便。

叙事与抒情

现在的年轻人写小说是有点爱发议论。夹叙夹议，或者离开故事单独抒情。这种议论和抒情有时是可有可无的。

法朗士专爱在小说里发议论。他的一些小说是以议论为主的，故事无关重要。他不过借一个故事来发表一通牵涉到某一方面的社会问题的大议论。但是法朗士的议论很精彩，很精辟，很深刻。法朗士是哲学家。我们不是。我们发不出很高深的议论。因此，不宜多发。

倾向性不要特别地说出。

一件事可以这样叙述，也可以那样叙述。怎样叙述，都有倾向性。可以是超然的、客观的、尖刻的、嘲讽的（比如鲁迅的《肥皂》《高老夫子》），也可以是寄予深切的同情的（比如《祝福》《伤逝》）。

董解元《西厢记》写张生和莺莺分别：“马儿登程，坐车儿临舍；马儿往西行，坐车儿往东拽：两口儿一步儿离得远如一步也！”这是叙事。但这里流露出董解元对张生和莺莺的恋爱的态度，充满了感情。“一步儿离得远如一步也”，何等痛切。作者如无深情，便不能写得如此痛切。

在叙事中抒情，用抒情的笔触叙事。

怎样表现倾向性？中国的古话说得好：字里行间。

悠闲和精细

写小说就是要把一件平平淡淡的事说得很有情致（世界上哪有许多惊心动魄的事呢）。同样一件事，一个人可以说得娓娓动听，使人如同身临其境；另一个人也许说得索然无味。

《董西厢》是用韵文写的，但是你简直感觉不出是押了韵的。董解元把韵文运用得如此熟练，比用散文还要流畅自如，细致入微，神情毕肖。

写张生问店二哥蒲州有什么可以散心处，店二哥介绍了普救寺：

“店都知，说一和，道：‘国家修造了数载余过，其间盖造的非小可，想天宫上光景，赛他不过。说谎后，小人图什么？普天之下，更没两座。’张生当时听说后，道：‘譬如闲走，与你看去则个。’”

张生与店二哥的对话，语气神情，都非常贴切。“说谎后，小人图什么”，活脱是一个二哥的口吻。

写张生游览了普救寺，前面铺叙了许多景物，最后写：

“张生觑了，失声地道：‘果然好！’频频地稽首。欲待问是何年建，见梁文上明写着：‘垂拱二年修。’”

这直是神来之笔。“垂拱二年修”，“修”字押得非常稳。这一句把张生的思想活动、神情、动态，全写出来了。——换一个写法就可能很呆板。

要把一件事说得有滋有味，得要慢慢地说，不能着急，这样才能体察人情物理，审词定气，从而提神醒脑，引人入胜。急于要告诉人一件什么事，还想告诉人这件事当中包含的道理，面红耳赤，是不会使人留下印象的。

张岱记柳敬亭说武松打虎，武松到酒店里，蓦地一声，店中的空酒坛都嗡嗡作响，说他“闲中著色，精细至此”。

唯悠闲才能精细。

不要着急。

董解元《西厢记》与其说是戏曲，不如说是小说。人民文学出版社出版的《董西厢》的《前言》里说：“它的组织形式和它采取的艺术手法，为后来的戏曲、小说开阔了蹊径”，是很有见识的话。从小说的角度来看，《董西厢》的许多细致处远胜于许多话本。它的许多方法，到现在对我们还有用，看起来还很“新”。

风格和时尚

齐白石在他的一本画集的前面题了四句诗：“冷艳如雪箇，来京不值钱。此翁无肝胆，空负一千年。”他后来创出了红花黑叶一派，他的画被买主——首先是那些壁悬名人字画的大饭庄所接受了。

于非闇开始的画也是吴昌硕式的大写意的。后来张大千告诉他：“现在画吴昌硕式的人这样多，你几时才能出头？”他建议于非闇改画院体的工笔画。于非闇于是改画勾勒重彩。于非闇的画也被北京的市民接受了。

扬州八怪的知音是当时的盐商。

我不以为盐商是不懂艺术的。

艺术是要卖钱的，是要被人们欣赏、接受的。

红花黑叶、勾勒重彩、扬州八怪，一时成为风尚。实际上决定一时风尚的是买主。画家的风格不能脱离欣赏者的趣味太远。

小说也是这样。就是像卡夫卡那样的作家。如果他的小说没有一个人欣赏，他的作品是不会存在的。

但是一个作家的风格总得走在时尚前面一点，他的风格才有可能转而成为时尚。

追随时尚的作家，就会为时尚所抛弃。

惊人与平淡

杜甫诗云："语不惊人死不休"，宋人论诗，常说"造语平淡"。究竟是惊人好，还是平淡好?

平淡好。

但是平淡不易。

平淡不是从头平淡，平淡到底。这样的语言不是平淡，而是"寡"。山西人说一件事、一个人、一句话没有意思，就说："看那寡的！"

宋人所说的平淡可以说是"第二次的平淡"。

苏东坡尝有书与其侄云：

"大凡为文，当使气象峥嵘，五色绚烂。渐老渐熟，乃造平淡。"

葛立方《韵语阳秋》云：

"大抵欲造平淡，当自绚丽中来，然后可造平淡之境。落其华芬，然后可造平淡之境。"

平淡是苦思冥想的结果。欧阳修《六一诗话》说："（梅）圣俞平生苦于吟咏，以闲远古淡为意，故其构思极限。"

《韵语阳秋》引梅圣俞和晏相诗云：

"因今适性情，稍欲到平淡。苦词未圆熟，刺口剧菱芡。"

言到平淡处甚难也。

运用语言，要有取舍，不能拿起笔来就写。姜白石云：

“人所易言，我寡言之。人所难言，我易言之，自不俗。”

作诗文要知躲避。有些话不说。有些话不像别人那样说。至于把难说的话容易地说出，举重若轻，不觉吃力，这更是功夫。苏东坡作（病鹤）诗，有句“三尺长胫□瘦躯”，抄本缺第五字，几位诗人都来补这字，后来找来旧本，这个字是“搁”，大家都佩服。杜甫有一句诗“身轻一鸟□”，刻本末一字模糊不清，几位诗人猜这是个什么字。有说是“飞”，有说是“落”……后来见到善本，乃是“身轻一鸟过”，大家也都佩服。苏东坡的“搁”字写病鹤，确是很能状其神态，但总有点“做”，终觉吃力，不似杜诗“过”字之轻松自然，若不经意，而下字极准。

平淡而有味，材料、功夫都要到家。四川菜里的“开水白菜”，汤清可以注砚，但是并不真是开水煮的白菜，用的是鸡汤。

方言

作家要对语言有特殊的兴趣，对各地方言都有兴趣，能感觉、欣赏方言之美，方言的妙处。

上海话不是最有表现力的方言，但是有些上海话是不能代替的。比如“辣辣两记耳光！”这只有用上海方音读出来才有劲。曾在报纸上读一纸短文，谈泡饭，说有两个远洋轮上的水手，想念上海，想念上海的泡饭，说回上海首先要“杀杀搏搏吃两碗泡饭！”“杀杀搏搏”说得真是过瘾。

有一个关于苏州人的笑话，说两位苏州人吵了架，几至动武，一位说：“阿要把倷两记耳光搭搭？”用小菜佐酒，叫做“搭搭”。打人还要征求对方的同意，这句话真正是“吴侬软语”，很能表现苏州人的特点。当然，这是个夸张的笑话，苏州人虽“软”，不会软到这个样子。

有苏州人、杭州人、绍兴人和一位扬州人到一个庙里，看到“四大金刚”，各说了一句有本乡特点的话，扬州人念了四句诗：

四大金刚不出奇，里头是草外头是泥。

你不要夸你个子大，你敢跟我洗澡去！

这首诗很有扬州的生活特点。扬州人早上皮包水（上茶馆吃茶），晚上“水包皮”（下澡塘洗澡）。四大金刚当然不敢洗澡去，那就会泡烂了。这里的“去”须用扬州方音，读如kì。

写有地方特点的小说、散文，应适当地用一点本地方言。我写《七里茶坊》，里面引用黑板报上的顺口溜：“天寒地冻百不咋，心里装着全天下”，“百不咋”就是张家口一带的话。《黄油烙饼》里有这样几句：“这车的样子真可笑，车轱辘是两个木头饼子，还不怎么圆，骨鲁鲁，骨鲁鲁，往前滚。”这里的“骨鲁鲁”要用张家口坝的音读，“骨”字读入声。如用北京音读，即少韵味。

幽默

《梦溪笔谈》载：

“关中无螃蟹。元丰中，予在陕西，闻秦州人家收得一干蟹，土人怖其形状，以为怪物，每人家有病疟者，则借去挂门户上，往往遂差。不但人不识，鬼亦不识也。”

过去以为生疟疾是疟鬼作祟，故云：“不但人不识，鬼亦不识也。”说得非常幽默。这句话如译为口语，味道就差一些了，只能用笔记体的比较通俗的文言写。有人说中国无幽默，噫，是何言欤！宋人笔记，如《梦溪笔谈》《容斋随笔》，有不少是写得很幽默的。

幽默要轻轻淡淡，使人忍俊不禁，不能存心使人发笑，如北京人所说“胳肢人”。

我们必须暂时稍微与世界隔离，别老摔不开我们是生活在怎样一个国度里这个意识，这就是说，假定我们有一个地方，有一种空气，容许并有利于我们说这个题目。不必要在一个水滨、一个虚廊，竹韵花影；就像这儿，现在，我们有可坐的桌子凳子，有可以起来走两步的空当，有一点随便，有说或不说的自由；没有个智慧超人、得意无言的家伙，脸上不动，连狡诡的眯眼也不给一个地在哪儿听着；没有个真正的小说家，像托老头子那样的人会声势凌人地闯进来；而且我们不是在“此处不是讲话之地”的大街上高谈阔论；这也就够了。我们的话都是草稿的草稿，只提出，不论断，几乎每一句前面都应加一句：假定我们可以这样说。我们所说的大半是平时思索的结果，也可能是从未想过，临时触起，信口开河。我想这是常有的事，要说的都没有说，尽招架了些不知从哪儿斜刺里杀出来的程咬金。有时又常话到嘴边，咽了下去；说了一半，或因思绪散断，或者觉得看来很要紧的意见原来毫不相干，全无道理，接不下去了。这都挺自然，不勉强，正要的是如此。我们是一些喜欢读，也多少读过一点，甚至想动笔，或已经试写了一阵子小说的人，可是千万别把我们的谈话弄得很职业气。我们不大中意那种玩儿票的派头，可是业余的身份是我们遭遇困难时的解脱借口。不知为不知，我们没有责任搜索枯肠，找话支吾。我们说了的不是讲义，充其量是一条一条的札记，不必弄得四平八稳，份量平均，首尾相应，具一格局。好了，我们已经不受拘束，放心说话吧。声音大、小、平缓，带舞台动作，发点脾气，骂骂人，一切随心所欲，悉听尊便。

在这许多方便之下，我呈出我的一份。

无庸讳言，大家心照，所有的话全是为了说的人自己而说的。唱大鼓的走上来，“学徒我今儿个伺候诸位一段大西厢”，唱到得意处，得意的仍是他自己。听唱的李大爹、王二爷也听得颇得意，他们得意的也是他们自己。我觉得李大爹王二爷实际也会唱得极好，甚至可能比台上人更唱得好，只是他们没有唱罢了。李大爹王二爷自小学了茶叶店糕饼店生意，他们注定了要搞旗枪明前，上素黑芝麻，他们没有学大鼓。没有学，可是懂。他摸得到顿、拨、沉、落、迴、扭、煞诸种差之毫厘失之千里的那么点个妙处。所以李大爹王二爷是来听他们自己唱，不，简直听他们自己整个儿的人来了。台上那段大西厢不过是他们的替身，或一部分的影子。李大爹看了一眼王二爷，头微微一点，王二爷看了一眼李大爹，头也那么一点。他们的意思是“是了！”在这一点上劳伦斯的“为我自己”，克罗采的传达说，我都觉得有道理。——啊，别瞪我，我只是借此而说明我现在要说的话是一个什么性质。这，也是我对小说作者与读者间的关系的一个看法，这等一下大概还会再提起。真是，所有的要说恐怕都只是可以连在一处的道白而已。

时下的许多小说实在不能令人满意！

教我们写作的一位先生几乎每年给学生出一个题目：一个理想的

短篇小说。——我当时写了三千字，不知说了些什么东西；现在想重新交一次卷，虽然还一样不知会说些什么东西。——可见，他大概也颇觉得许多小说不顶合乎理想。所以不顶理想，因为一般小说都好像有那么一个“标准”：

一般小说太像个小说了，因而不十分是一个小说。

悬定一个尺度，很难。小说的种类将不下于人格；而且照理两者的数量（假如可以计算）应当恰恰相等；鉴别小说，也如同品藻人物一样的不可具说。但我们也可以像看人一样地看小说，凭全面的、综合的印象，凭直觉。我们心平气和、体贴入微地看完一篇东西，我们说：这是小说，或者不是小说，有时候我们说的是这够或不够是一个小说。这跟前一句话完全一样，够即是，不够的不是。在这一点上，小说的读者，你不必客气，你自然先假定自己是“够了”。哎，不必客气，这个够了并不是什么了不起的事情。不够，你还看什么小说呢?

那个时候，我因为要交卷，不得不找出一个“理想”的时候，正是卞之琳先生把《亨利第三》《军旗手的爱与死》翻译过来的时候，手边正好有一本，抓着就是，我好像憋了一点气，在课堂上大叫：

“一个理想的短篇小说应当是像《亨利第三》与《军旗手的爱与死》那样的！”

现在我的意思仍然如此，我愿意维持原来的那点感情，不过觉得需要加以补充。

我们看过的若干短篇小说，有些只是一个长篇小说的大纲，一个作者因为时间不够，事情忙，或者懒，有一堆材料，他大概组织分布了一下，有时甚至连组织分布都不干，马马虎虎地即照单抄出来交了货，我们只看到有几个人，在那里，做了什么事，说话了，动作了，来了，去了，死了。有时作者觉得这太不像小说（就是这个倒霉的觉得害了他！），小说不能单是一串流水账，于是怎么样呢？描写了把那个人从头到脚地像裁缝师傅记出手下摆的那么记一记，清楚是清楚了，可是我们本来心里可能有的浑然印象反教他挤掉了。我们只落得一堆零碎料子，多高的额头，多大的鼻子，长腿或短腿，外八字还是内八字脚……这些“部分”彼此不粘不靠，不起作用，不相干。还有更不相干的，是那些连篇累牍的环境渲染。有时候我们看那段发生在秋天的黄昏的情景，并不是一定不能发生在春天的早晨。在进行演变上，落叶、溪水、夕阳、歌声、蟋蟀，当然风马牛不相及。这是七巧板那么拼出来的，是人为的、外加的、生造的、不融合的。他没有把这些东西当着是从故事中分泌出来，为故事的一个契机，一份必不可少的成分。他的文字不是他要说的那个东西本身。自然主义用在许多人手里成了一个最不自然的主义。这些人为主义而牺牲了。有些，说得周详缜密，结构谨严，力量不懈，交待干净，不浪费笔墨也不偷工减料，文字时间与故事时间合了拍，把读者引上了路，觉得舒服得很；可是也只算长篇小说之一章，很好的一章而已。更多的小说，比较鲜明生动，我们以为把它收入中篇小说，较为合适。再有一种则是“标准的”短篇小说。标准的短篇小说不是理想的短篇小说，也不能令我们满意。

我们的谈话行将进入一个比较枯燥困难的阶段，我们怕不能摆脱习惯的演讲方式。我们尽量想避开让我们踏脚，也放我们疲惫的抽象名词，但事实上不易办到，先歇一歇力，在一块不大平滑的石头上坐一坐，给短篇小说来讲一个定义！不用麻烦拣选，反正我们掉一掉身子马上就来。中学教科书上写着，短篇小说是：

用最经济的文学手腕，描写事实中最精彩的一段或一面。

我们且暂时义务地为这两句话作一注释。或者六经注我，靠它的帮忙说话。

我们不得已而用比喻，扣槃扪烛，求其大概。伍尔芙夫人以在火车中与白朗宁太太同了一段路的几位先生的不同感情冲动譬象几种不同的写小说法，我们现在单摘取同车一事来说明小说与其人物的关系。设想一位作者，我们称他为×先生，在某处与白朗宁太太一齐上了车，火车是小说，车门一关，汽笛拉动，车开了，小说起了头。×先生有墨水两瓶，钢笔尖二盒，一箱子纸，四磅烟草，白朗宁太太有的是全部生活。×先生收心放志，集中精神，松开领子，咬起大烟斗，白朗宁太太开始现身说法，开始表演。我们设想火车轨道经行之地是白朗宁太太的生活，这一列车随处可停，可左可右，可进可退，给×先生以诸方便，他可以得到他所需要的白朗宁太太生活中任何场景节目。白朗宁太太生来有个责任，即被写在小说里，她不厌烦，不掩饰省略，妥妥实实回答×先生一切问话。好了，除去吃饭睡觉等不可要的动作之外，白朗宁太太一生尽在此中，×先生也颇累了，他们点点头，下车，分别。小说完成！

这里，你觉得这是可能的么？

有人说历史这个东西就是历史而已，既不是科学，也算不得是艺术。我们埋葬了一部分小说，也很可以在它们的墓碑上刻这样两句话。而且历史究竟还是历史，若干小说常不是科学，不是艺术，也不成其为小说。

长篇小说的本质，也是它的守护神，是因果。但我们很少看到一本长篇小说从千百种可能之中挑选出一个，一个一个连编起来，这其间有什么是必然，有决定性的。人的一生是散漫的，不很连贯，充满偶然，千头万绪，兔起鹘落，从来没有一个人每一秒钟相当于小说的一段、一句、一字、一标点，或一空格，而长篇小说首先得悍然不顾这个情形。结构，这是一个长篇最紧要的部分，而且简直是小说的全部，但那根本是个不合理的东西。我们知道一个小说不是天成的，是编排连缀出来的，我们怀疑的是一个作者的精神是否能够照顾得过来，特别是他的记忆力是不是能够写到第十五章时还清清楚楚对他在第三章中所说的话的分量和速度有个印象？整本小说是否一气呵成、天衣无缝，增一分则太长，减一分则太短，不能倒置、翻覆，简直是那样便是那样，毫无商量余地了？

从来也没有一个音乐家想写一个连续演奏十小时以上的乐章吧（读《战争与和平》一遍需要多少时候？），而我们的小说家，想做不可能的事。看他们把一厚册一厚册的原稿销毁，一次一次地重写，我们寒心那是多苦的事。有几个人，他们是一种英雄式的人，自人中走出，与大家不同，他们不是为生活而写，简直活着就为的是写他的小说，他全部时间入于海，海是小说，居然做到离理想不远了。第一个忘不了的是狠辣的陀思妥耶夫斯基。他像是一咬牙就没有松开过。可是我们承认他的小说是一种很伟大的东西，却不一定是亲切的东西。什么样的人是陀思妥耶夫斯基的合适读者?

应是科学家。

我宁愿通过工具的艰难，放下又拿起，翻到后面又倒回前头，随便挑一节，抄两句，不求甚解，自以为是，什么时候，悠然见南山，飞鸟相与远，以我之所有向他所描画的对照对照那么读一遍《尤利西斯》去。

小说与人生之间不能描画一个等号。

于是有中篇小说。

如果读长篇小说的时间是阴冷的冬夜，那么中篇小说是宜于在秋天下午。一本中篇正好陪我们过五六点钟，连阅读带整个人受影响作用，引起潜移默化所需的时间。

一个长篇的作者自己在他的小说中生活过一遭，他命使读者的便是绝对的入乎其内。一个长篇常常长到跟人生一样的长（这跟我们前面一段有些话并不相冲突），可以说是另外一个（不是一段、一面），我们必须放开我们自己的恩怨憎喜、宗教饮食，被拉了上去，关上门，靠窗坐定，随那节车子带我们到那里去旅行。作者做向导，山山水水他都熟习，而假定我们一无所知。我们只有也必须死心塌地地作个素人。我们应当视而不见，听而不闻，食而不知其味；应当醉于书中的馅，字里的香，我们说：哦，这是玫瑰，多美，这是山，好大呀！好像我们从来没有见过一座山，不知道玫瑰是什么东西。——可是一般人不是那么容易地死于生活，活于书本，不会一直入彀。有比较体贴、近人情、会说话的可爱的人就为了我们而写另外一种性质的书，叫作中篇小说。(Once upon a time)他自自然然地谈起来了。他跟我们抵掌促膝，不高不可攀，耳提指图，他说得流利、娓婉，不疾不徐、轻重得当，不口吃，不上气不接下气，他用志不纷，胸有成竹。他才说了十多分钟，我们已经觉得：他说得真好。我们入神了，颔首了，暖然似春，凄然似秋了，毫不反抗地给出他向我们要的感动。有话则长，无话则短，他知道他是在说一个故事。花开两朵，各表一枝，分即全，一切一切，他不弄得过分麻烦冗重。有时他插一点闲话，聊点儿别的；他更带着一堆画片，一张一张拍得光线强弱、距离远近都对了的照相，他一边说故事，一边指点我们看。这些纪念品不一定是绘摄的大场面，有时也许一片阳光，一堆倒影，破风上一角残蚀的浮雕，唱歌的树，嘴上生花的人……我们也明知他提起这话目的何在，但他对于那些小玩意确具真情，有眼光，而且趣味与我们相投，但听他说说这些即颇过瘾了。我们最中意的是他要我们跟他合作。他空出许多地方，留出足够的时间，让读者自己说，他不一个劲儿讲演，他也听。来一杯咖啡么，我们的中篇小说家？

如果长篇小说的作者与读者的地位是前后，中篇是对面，则短篇小说的作者是请他的读者并排着起坐行走的。

常听到短篇小说的作者劝他的熟人：“你也写么，我相信你可以写得很好。没有什么了不起的，花一点时间，多试验几种方法，不怕费事，找到你觉得那么着写合适的形式，你就写，不会不成功的。凭你那个脑子，那点了解人事的深度，生活的广度，对于文字的精敏感觉，还有那一份真挚深沉的爱，你早就该着笔了。”短篇小说家从来就把我们当着跟他一样的人，跟他生活在同一世界之中，对于他们写的那回事的前前后后也知道得一样仔细真切。我们与他之间只是为不为，没有能不能的差异。短篇小说的作者是假设他的读者都是短篇小说家的。

唯其如此，他方能挑出事实中最精彩的一段或一面来描写。

也许有人天生是个短篇小说家，他只要动笔，得来全不费工夫，他一小从老祖母，从疯瘫的师爷，从鸦片铺上、茶馆里、码头旁边，耳濡目染，不知不觉之中领会了许多方法；他的窗口开得好，一片又一片的材料本身剪裁得好好的在那儿，他略一凝眸，翩翩已得；交出去，印出来，大家传诵了，街谈巷议，“这才真是我们所需要的，从头到尾，每一个字是短篇小说！”而我们的作者倚在他的窗口悠然下看：这些人扰攘些什么，什么事大惊小怪的？风吹得他身轻神爽，也许他想到一条河边走走，听听修桥工人唱那种忧郁而雄浑的歌去；而在他转身想带着他的烟盒子时，窗下一个读者议论的小说、激动的高叹声吸引了他，他看了一眼想：什么叫小说么，问我，我可不知道，你那个瘦瓜瓜的后脑，微高的左肩，正是我需要的，我要把你写下来！你就是小说，傻小子，你为什么不问问你自己？他不出去了，坐下，抽上两枝烟，到天黑肚饥时一篇小说也已经写了五分之四，好了，晚饭一吃，一天过去，他的新小说也完成了；但大多数的小说作者都得经过一个比较长时期的试验。他明白，他必须“找到自己的方法”，必须用他自己的方法来写，他才站得住，他得在浩如烟海的文学作品，在一样浩如烟海的短篇小说之中，为他自己的篇什觅一个位置。天知道那是多么荒时废日的事情！

世上尽有从来不看小说的诗人，但一个写短篇小说的人能全然不管此前与当代的诗歌么？一个小说家即使不是彻头彻尾的诗人，至少也是半仙之分，部分的诗人，也许他有时会懊悔他当初为什么不一直推敲韵脚，布署抑扬，飞上枝头变凤凰，什么一念教他拣定现在卑微的工作的？他羡慕戏剧家的规矩，也向往散文作者的自在，甚至跟他相去不远的长篇中篇小说家他也嫉妒。威严，对于威严的敬重；优美的风度，对于优美风度的友爱，他全不能有，得不着。短篇小说的作者所希望的是给他的劳绩一个说得过去的地位。他希望报纸的排字工人不要把他的东西拆得东一块西一块的，不要随便给它分栏，加什么花边，不要当中挖了一方嵌一个与它毫不相干的太美或稀特的木刻漫画，不要在一行的头上来一个吓人的惊叹号，不要在他的文章下面补两句嘉言语录、名人轶事，还有错字不太多，字体稍为清楚一点……对于一个杂志的编辑他很想求求他一个稍为公平一点的篇幅，他希望天地头留着大些，前头能空出两页不印最好……他不是难伺候，闹脾气，他是为了他的文章命运而争。他以为他的小说的形式即是他要表传的那个东西本身，不能随便玷辱它，而且一个短篇没有写出的比写出来的要多得多，需要足够的空间，好让读者自己从从容容来抒写。对于较长篇幅的文章，一般读者有读它的心理准备，他心甘情愿地让出时间，留下闲豫，来接受一些东西。只要披沙拣金，往往见宝，即为足矣。他们深切地感到那份力量，领得那种智巧。而他们读短篇小说则都是誓翦灭此而后朝食，你不难想象一个读者如何恶狠狠地抓过一篇短篇小说，一边嚼着他的火腿面包，一边狼吞虎咽地看下去，忽然拍案而起，“混蛋，这是什么平淡无奇的东西！”他骂的是他的咖啡，但小说遭了殃，他叭了一下扔了，挤起左眼看了那个可怜的题目，又来了一句，“什么东西！”好了，他要是看进去两句那就怪。一个短篇小说作者简直非把它弄得灿若舒锦，无处不佳不可！小说作者可又还不能像一个高大强壮的猪眼厨师傅两手撑在腰上大吼“就是这样，爱吃不吃！”即是真的从头到尾都是心血，你从哪里得到青眼？

这位残暴的午茶餐客如果也想，他想的是：这是什么玩意，谁写不出来，我也……真的，他还不屑于写这种东西！我们原说过，只要他肯，他未始不可以写短篇小说。我们不能怪他，第一，他生活太忙，太乱，而且受到许多像那位猪眼大师傅的气，他想借小说来忘去他的生活，或者真的生活一下，短篇似乎不能满足他；第二，他相当有文学修养，他看过许多诗、戏剧、散文，他还更看过那么多那么多的小说，不再要看这一篇。一个短篇小说作家，你该怎么办？

短篇小说能够一脉相承地存在下来，应当归功于代有所出的人才，不断给它新的素质，不断变易其面目，推广，加深它。日光之下无新事，就看你如何以故为新，如何看，如何捞网捕捉，如何留住过眼烟云，如何有心中的佛、花上的天堂。文学革命初期以“创作”称短篇小说，是的，你要创作。你不应抄袭别人，要叫你有你的，有不同于别人的；且不能抄袭自己，你不能叫这一篇是那一篇的副本，得每一篇是每一篇的样子，每一篇小说有它应当有的形式、风格。简直的，你不能写出任何一个世界上已经有过的句子。你得突破、超出、稍偏颇于那个“标准”。这是老话，但需要我们不断地用各种声音提起。

我们宁可一个短篇小说像诗、像散文、像戏，什么也不像也行，可是不愿意它太像个小说，那只有注定它的死灭。我们那种旧小说，那种标准的短篇小说，必然将是个历史上的东西。许多本来可以写在小说里的东西老早老早就有另外方式代替了去。比如电影，简直老小说中的大部分，而且是最要紧的部分，它全能代劳，而且比较更准确，有声有形，证诸耳目，直接得多。念小说已成了一个过时的娱乐，一种古怪固执的癖好了。此世纪中的诗、戏，甚至散文，都已显然与前一世纪异趣，而我们的小说仍是十八世纪的方法，真不可解。一切全因制度的变而变了，小说动得那么懒，什么道理。

我们耳熟了“现代音乐”“现代绘画”“现代塑刻”“现代建筑”“现代服装”“现代烹调术”，可是“现代小说”在我们这儿远是个不太流行的名词。咳！“小说的保守性”，是个值得一作的毕业论文题目；本来小说这东西一向是跟在后面老成持重地走的。但走得如此之慢，特别是在东方一个又很大又很小的国度中简直一步也不动，是颇可诧异的现象。多打开几面窗子吧，这里的空气实在该换一换，闷得受不了了。

多打开几面窗子吧！只要是吹的，不管是什么风。

也好，没有人重视短篇小说，因此它也从来没有一个严格的划界，我们可以从别的部门搬两块石头来垫一垫基脚。要紧的是要它改一改样子再说。从戏剧里，尤其是新一点的戏里我们可以得到一点活泼、尖深、顽皮、作态（一切在真与纯之上的相反相成的东西）。萧伯纳皮兰德娄从小说中偷去的，我们得讨一点回来。至于戏的原有长处，节奏清显，擒纵利落，起伏明灭，了然在心，则许多小说中早已暗暗地放进去了。小说之离不开诗，更是昭然若揭的。一个小说家才真是个谪仙人，他一念红尘，堕落人间，他不断体验由泥淖至清云之间的挣扎，深知人在凡庸、卑微、罪恶之中不死去者，端因还承认有个天上，相信有许多更好的东西不是一句谎话，人所要的，是诗。一个真正的小说家的气质也是一个诗人。就这两方面说，《亨利第三》与《军旗手的爱与死》，是一个理想的典范。我不觉得我的话有什么夸张之处。那两篇东西所缺少的，也许是一点散文的美，散文的广度，一点“大块噫气是名为风”的那种遇到什么都抚摸一下，随时会留连片刻，参差荇菜，左右缭之，喜欢到亭边小道上张张望望的，不衫不履，落帽风前，振衣高岗的气派。缺少一点一点开头我要求的一点随意说话的自然。

泰戈尔告诉罗曼·罗兰他要学画了，他觉得有些东西文字表达不出来，只有颜色线条胜任；普鲁斯特在他的书里忽然来了一段五线谱，任何一个写作的人必都同情，不是同情，是赞同他们。我们设想将来有一种新艺术，能够包融一切，但不复是一切本来形象。又与电影全然不同的，那东西的名字是短篇小说。这不知什么时候才办得到，也许永远办不到。至少我们希望短篇小说能够吸收诗、戏剧、散文一切长处，而仍旧是一个它应当是的东西，一个短篇小说。

我们前面既说过一个短篇小说的作者假定他的读者都是短篇小说家，假定读者对于他们依附而写的那回事情的前前后后清楚得跟他自己一样，假定读者跟他平肩并排，所以“事”的本身在短篇小说中的地位行将越来越不重要。一个画家在一个乡下人面前画一棵树，他告诉他“我画的是那棵树”。乡下人一面奇怪树已经直端端生在那儿了，画它干什么？一面看了又看，觉得这位先生实在不大会画，画得简直不像。一会儿画家来了个朋友，也是一个画家。画家之一画，画家之二看，两人一句话不说。也许有时他们互相看一眼，微微一点头，犹如李大爹王二爷听大鼓，眼睛里一句话：“是了！”问画家到底画的什么，他该回答的是：“我画那个画。”真正的小说家也是，不是为写那件事，他只是写小说。——我们已经听到好多声音，“不懂，不懂！”其实他懂的，他装着不懂。毕加索给我们举了一个例。他用同一“对象”画了三张画，第一张人像个人，狗像条狗；第二张不顶像了，不过还大体认得出来；第三张，简直不知道是什么东西了。人应当最能从第三张得到“快乐”，不过常识每每把人谋害在第一张之前。小说也许不该像这三张，但至少该往第二张上走一走吧？很久以前，有一人提出“纯诗”的理想，纪德说过他要写“纯小说”；虽未能至，心向往之。我们希望短篇小说能向“纯”的方向作去，虽然这里所说的“纯”与纪德所提出的好像不一样。严格说来，短篇小说者，是在一定时间，一定空间之内，利用一定工具制作出来的一种比较轻巧的艺术；一个短篇小说家是一种语言的艺术家。——我看出有人脸上颇不耐烦了，他心里泛起了一阵酸，许多过了时的标准口号在他耳根雷鸣，他随便抓得一块砖头，“唯美主义”，要往我脑袋上砸。

听我告诉你一个秘密：我有个朋友，是个航空员，他凭一股热气，放下一切，去学开飞机，百战归来，同班毕业的已经所剩无几了；我问他你在天上是否不断地想起民族的仇恨？他非常严肃地说：

“当你从事于某一工作时，不可想一切无关的事。我的手在驾驶盘上，我只想如何把得它稳当、准确。我只集中精神于转弯、抬起、俯降。我的眼睛看着前头云雾山头。我不能分心于外物，否则一定出毛病。——有一回C的信上说了我几句话，教我放不下来，我一翅飞到芷江上空，差点儿没跟她那几句一齐摔下去！”小说家在安排他的小说时他也不能想得太多，他得沉酣于他的工作。他只知道如何能不颠不簸，不滞不滑，求其所安，不摔下来跌死了。一个小说家有什么样的责任，这是另外一个题目，有机会不妨讨论讨论。今天到此为止，我们再总结一句：一个短篇小说，是一种思索方式，一种情感形态，是人类智慧的一种模样。

或者：一个短篇小说，不多，也不少。

短，是现代小说的特征之一。

短，是出于对读者的尊重。

现代小说是忙书，不是闲书。现代小说不是在花园里读的，不是在书斋里读的。现代小说的读者不是有钱的老妇人，躺在樱桃花的阴影里，由陪伴女郎读给她听。不是文人雅士，明窗净几，竹韵茶烟。现代小说的读者是工人、学生、干部。他们读小说都是抓空儿。他们在码头上、候车室里、集体宿舍、小饭馆里读小说，一面读小说，一面抓起一个芝麻烧饼或者汉堡包（看也不看）送进嘴里，同时思索着生活。现代小说要符合现代生活方式，现代生活的节奏。现代小说是快餐，是芝麻烧饼或汉堡包。当然，要做得好吃一些。

小说写得长，主要原因是情节过于曲折。现代小说不要太多的情节。

以前人读小说是想知道一些他不知道的生活，或者世界上根本不存在的生活。他要读的不是生活，而是故事，或者还加上作者华丽的文笔。现代的读者是严肃的。他们有时也要读读大仲马的小说，但是只是看看玩玩，谁也不相信他编造的那一套。现代读者要求的是真实，想读的是生活，生活本身。现代读者不能容忍编造。一个作者的责任只是把你看到的、想过的一点生活诚实地告诉读者。你相信，这一点生活读者也是知道的，并且他也是完全可以写出来的。作者的责任只是用你自己的方式，尽量把这一点生活说得有意思一些。现代小说的作者和读者之间的界线逐渐在泯除。作者和读者的地位是平等的。最好不要想到我写小说，你看。而是，咱们来谈谈生活。生活，是没有多少情节的。

小说长，另一个原因是描写过多。

屠格涅夫的风景描写很优美。但那是屠格涅夫式的风景，屠格涅夫眼中的风景，不是人物所感受到的风景。屠格涅夫所写的是没落的俄罗斯贵族，他们的感觉和屠格涅夫有相通之处，所以把这些人物放在屠格涅夫式的风景之中还不“格生”。写现代人，现代的中国人，就不能用这种写景方式，不能脱离人物来写景。小说中的景最好是人物眼中之景，心中之景。至少景与人要协调。现代小说写景，只要是“天黑下来了……”“雾很大……”“树叶都落光了……”，就够了。

巴尔扎克长于刻画人物，画了很多人物肖像，作了许多很长很生动的人物性格描写。这种方式不适用于现代小说。这种方式对读者带有很大的强迫性，逼得人只能按照巴尔扎克的方式观察生活。现代读者是自由的，他不愿听人驱使，他要用自己的眼睛看生活，你只要扼要地跟他谈一个人，一件事，不要过多地描写。作者最好客观一点，尽量闪在一边，让人物自己去行动，让读者自己接近人物。

我不大喜欢“性格”这个词。一说“性格”就总意味着一个奇异独特的人。现代小说写的只是平常的“人”。

小说长，还有一个原因是对话多。

有些小说让人物作长篇对话，有思想，有学问，成了坐而论道或相对谈诗，而且所用的语言都很规整，这在生活里是没有的。生活里有谁这样地谈话，别人将会回过头来看着他们，心想：这几位是怎么了？

对话要少，要自然。对话只是平常的说话，只是于平常中却有韵味。对话，要像一串结得很好的果子。

对话要和叙述语言衔接，就像果子在树叶里。

长，还因为议论和抒情太多。

我并不一般地反对在小说里发议论，但议论必须很富于机智。带有讽刺性的小说常有议论，所谓嬉笑怒骂，皆成文章。

抒情，不要流于感伤。一篇短篇小说，有一句抒情诗就足够了。抒情就像菜里的味精一样，不能多放。

长还有一个原因是句子长，句子太规整。写小说要像说话，要有语态。说话，不可能每一个句子都很规整，主语、谓语、附加语全都齐备，像教科书上的语言。教科书的语言是呆板的语言。要使语言生动，要把句子尽量写得短，能切开就切开，这样的语言才明确。平常说话没有说挺长的句子的。能省略的部分都省掉。我在《异秉》中写陈相公一天的生活，碾药就写“碾药”，裁纸就写“裁纸”，两个字就算一句。因为生活里叙述一件事就是这样叙述的。如果把句子写齐全了，就会成为：“他生活里的另一个项目是碾药”，“他生活里的又一个项目是裁纸”，那多啰嗦！——而且，让人感到你这个人说话像做文章（你和读者的距离立刻就拉远了）。写小说绝不能做文章，所用的语言必须是活的，就像聊天说话一样。

现代小说的语言大都是很简短的。从这个意义来说，我觉得海明威比曹雪芹离我更近一些。

鲁迅的教导是非常有益的：竭力将可有可无的字句删去。

我写《徙》，原来是这样开头的：

世界上曾经有过很多歌，都已经消失了。

我出去散了一会步，改成了：

很多歌消失了。

我牺牲了一些字，赢得的是文体的峻洁。

短，才有风格。现代小说的风格，几乎就等于：短。

短，也是为了自己。

语言是艺术

语言本身是艺术，不只是工具。

写小说用的语言，文学的语言，不是口头语言，而是书面语言。是视觉的语言，不是听觉的语言。有的作家的语言离开口语较远，比如鲁迅；有的作家的语言比较接近口语，比如老舍。即使是老舍，我们可以说他的语言接近口语，甚至是口语化，但不能说他用口语写作，他用的是经过加工的口语。老舍是北京人，他的小说里用了很多北京话。陈建功、林斤澜、中杰英的小说里也用了不少北京话。但是他们并不是用北京话写作。他们只是吸取了北京话的词汇，尤其是北京人说话的神气、劲头、“味儿”。他们在北京人说话的基础上创造了各自的艺术语言。

小说是写给人看的，不是写给人听的。

外国人有给自己的亲友读自己的作品的习惯。普希金给老保姆读过诗。屠格涅夫给托尔斯泰读过自己的小说。效果不知如何。中国字不是拼音文字。中国的有文化的人，与其说是用汉语思维，不如说是用汉字思维。汉字的同音字又非常多。因此，很多中国作品不太宜于朗诵。

比如鲁迅的《高老夫子》：

他大吃一惊，至于连《中国历史教科书》也失手落在地上了，因为脑壳上突然遭到了什么东西的一击。他倒退两步，定睛看时，一枝夭斜的树枝横在他的面前，已被他的头撞得树叶都微微发抖。他赶紧弯腰去拾书本，书旁边竖着一块木牌，上面写道——

看小说看到这里，谁都忍不住失声一笑。如果单是听，是觉不出那么可笑的。

有的诗是专门写来朗诵的。但是有的朗诵诗阅读的效果比耳听还更好一些。比如柯仲平的诗：

人在冰上走，
水在冰下流……

这写得很美。但是听朗诵的都是识字的，并且大都是有一定的诗的素养的，他们还是把听觉转化成视觉的（人的感觉是相通的），实际还是在想象中看到了那几个字。如果叫一个不识字的，没有文学素养的普通农民来听，大概不会感受到那样的意境，那样浓厚的诗意。“老妪都解”不难，叫老妪都能欣赏就不那么容易。“离离原上草”，老妪未必都能击节。

我是不太赞成电台朗诵诗和小说的，尤其是配了乐。我觉得这常常限制了甚至损伤了原作的意境。听这种朗诵总觉得是隔着袜子挠痒痒，很不过瘾，不若直接看书痛快。

文学作品的语言和口语最大的不同是精炼。高尔基说契诃夫可以用一个字说了很多意思。这在说话时很难办到，而且也不必要。过于简炼，甚至使人听不明白。张寿臣的单口相声，看印出来的本子，会觉得很啰嗦，但是说相声就得那么说，才明白。反之，老舍的小说也不能当相声来说。

其次还有字的颜色、形象、声音。

中国字原来是象形文字，它包含形、音、义三个部分。形、音，是会对义产生影响的。中国人习惯于望“文”生义。“浩瀚”必非小水，“涓涓”定是细流。木玄虚的《海赋》里用了许多三点水的字，许多摹拟水的声音的词，这有点近于魔道。但是中国字有这些特点，是不能不注意的。

说小说的语言是视觉语言，不是说它没有声音。前已说过，人的感觉是相通的。声音美是语言美的很重要的因素。一个有文学修养的人，对文字训练有素的人，是会直接从字上“看”出它的声音的。中国语言因为有“调”，即“四声”，所以特别富于音乐性。一个搞文字的人，不能不讲一点声音之道。“前有浮声，则后有切响”，沈约把语言声音的规律概括得很扼要。简单地说，就是平仄声要交错使用。一句话都是平声或都是仄声，一顺边，是很难听的。京剧《智取威虎山》里有一句唱词，原来是“迎来春天换人间”，毛主席给改了一个字，把“天”字改成“色”字。有一点旧诗词训练的人都会知道，除了“色”字更具体之外，全句声音上要好听得多。原来全句六个平声字，声音太飘，改一个声音沉重的“色”字，一下子就扳过来了。写小说不比写诗词，不能有那样严的格律，但不能不追求语言的声音美，要训练自己的耳朵。一个写小说的人，如果学写一点旧诗、曲艺、戏曲的唱词，是有好处的。

外国话没有四声，但有类似中国的双声叠韵。高尔基曾批评一个作家的作品，说他用“咝”音的字太多，很难听。

中国语言里还有对仗这个东西。

中国旧诗用五七言，而文章中多用四六字句。骈体文固然是这样，骈四俪六；就是散文也是这样。尤其是四字句。四字句多，几乎成了汉语的一个特色。没有一篇文章找不出大量的四字句。如果有意避免四字句，便会形成一种非常奇特的拗体，适当地运用一些四字句，可以造成文章的稳定感。

我们现在写作时所用的语言，绝大部分是前人已经用过，在文章里写过的。有的语言，如果知道它的来历，便会产生联想，使这一句话有更丰富的意义。比如毛主席的诗：“落花时节读华章”，如果不知出处，“落花时节”，就只是落花的时节。如果读过杜甫的诗：“歧王宅里寻常见，崔九堂前几度闻，正是江南好风景，落花时节又逢君”，就会知道“落花时节”就包含着久别重逢的意思，就可产生联想。《沙家浜》里有两句唱词：“垒起七星灶，铜壶煮三江”，是从苏东坡的诗“大瓢贮月归春瓮，小杓分江入夜瓶”脱胎出来的。我们许多的语言，自觉或不自觉地，都是从前人的语言中脱胎而出的。如果平日留心，积学有素，就会如有源之水，触处成文。否则就会下笔枯窘，想要用一个词句，一时却找它不出。

语言是要磨练，要学的。

怎样学习语言？——随时随地。

首先是向群众学习。

我在张家口听见一个饲养员批评一个有点个人英雄主义的组长：

“一个人再能，当不了四堵墙。旗杆再高，还得有两块石头夹着。”

我觉得这是很好的语言。

我刚到北京京剧团不久，听见一个同志说：

“有枣没枣打三杆，你知道哪块云彩里有雨啊？”

我觉得这也是很好的语言。

一次，我回乡，听家乡人谈过去运河的水位很高，说是站在河堤上可以“踢水洗脚”，我觉得这非常生动。

我在电车上听见一个幼儿园的孩子念一首大概是孩子们自己编的儿歌：

山上有个洞，
洞里有个碗，
碗里有块肉，
你吃了，我尝了，
我的故事讲完了！

他翻来覆去地念，分明从这种语言的游戏里得到很大的快乐。我反复地听着，也能感受到他的快乐。我觉得这首几乎是没有意义的儿歌的音节很美。我也捉摸出中国语言除了押韵之外还可以押调。“尝”“完”并不押韵，但是同是阳平，放在一起，产生一种很好玩的音乐感。

《礼记》的《月令》写得很美。

各地的“九九歌”是非常好的诗。

只要你留心，在大街上，在电车上，从人们的谈话中，从广告招贴上，你每天都能学到几句很好的语言。

其次是读书。

我要劝告青年作者，趁现在还年轻，多背几篇古文，背几首诗词，熟读一些现代作家的作品。

即使是看外国的翻译作品，也注意它的语言。我是从契诃夫、海明威、萨洛扬的语言中学到一些东西的。

读一点戏曲、曲艺、民歌。

我在《说说唱唱》当编辑的时候，看到一篇来稿，一个小戏，人物是一个小炉匠，上场念了两句对子：

风吹一炉火
锤打万点金

我觉得很美。

一九四七年，我在上海翻看一本老戏考，有一段滩簧，一个旦角上场唱了一句：

春风弹动半天霞。

我大为惊异：这是李贺的诗！

二十多年前，看到一首傣族的民歌，只有两句，至今忘记不了：

斧头砍过的再生树
战争留下的孤儿。

巴甫连柯有一句名言：“作家是用手思索的。”得不断地写，才能扪触到语言。老舍先生告诉过我，说他有得写，没得写，每天至少要写五百字。有一次我和他一同开会，有一位同志作了一个冗长而空洞的发言，老舍先生似听不听，他在一张纸上把几个人的姓名连缀在一起，编了一副对联：

伏园焦菊隐
老舍黄药眠

一个作家应该从语言中得到快乐，正像电车上那个念儿歌的孩子一样。

董其昌见一个书家写一个便条也很用心，问他为什么这样，这位书家说：“即此便是练字。”作家应该随时锻炼自己的语言，写一封信，一个便条，甚至是一个检查，也要力求语言准确合度。

鲁迅的书信、日记，都是好文章。

语言学中有一个术语，叫做“语感”。作家要锻炼自己对于语言的感觉。

王安石曾见一个青年诗人写的诗，绝句，写的是在宫廷中值班，很欣赏。其中的第三句是“日长奏罢长杨赋”，王安石给改了一下，变成“日长奏赋长杨罢”，且说：“诗家语必此等乃健。”为什么这样一改就“健”了呢？写小说的，不必写“日长奏赋长杨罢”这样的句子，但要能体会如何便“健”。要能体会峭拔、委婉、流利、安详、沉痛，建议青年作家研究研究老作家的手稿，捉摸他为什么改两个字，为什么要把那两个字颠倒一下。

“如鱼饮水，冷暖自知”，语言艺术有时是可以意会，难于言传的。

揉面

使用语言，譬如揉面。面要揉到了，才软熟，筋道，有劲儿。水和面粉本来是两不相干的，多揉揉，水和面的分子就发生了变化。写作也是这样，下笔之前，要把语言在手里反复抟弄。我的习惯是，打好腹稿。我写京剧剧本，一段唱词，二十来句，我是想得每一句都能背下来，才落笔的。写小说，要把全篇大体想好。怎样开头，怎样结尾，都想好。在写每一段之间，我是想得几乎能背下来，才写的（写的时候自然会又有些变化）。写出后，如果不满意，我就把原稿扔在一边，重新写过。我不习惯在原稿上涂改。在原稿上涂改，我觉得很别扭，思路纷杂，文气不贯。

曾见一些青年同志写作，写一句，想一句。我觉得这样写出来的语言往往是松的、散的，不成“个儿”，没有咬劲。

有一位评论家说我的语言有点特别，拆开来看，每一句都很平淡，放在一起，就有点味道。我想谁的语言不是这样？拆开来，不都是平平常常的话？

中国人写字，除了笔法，还讲究“行气”。包世臣说王羲之的字，看起来大大小小，单看一个字，也不见怎么好，放在一起，字的笔划之间，字与字之间，就如“老翁携带幼孙，顾盼有情，痛痒相关”。安排语言，也是这样。一个词，一个词；一句，一句；痛痒相关，互相映带，才能姿势横生，气韵生动。

中国人写文章讲究“文气”，这是很有道理的。

自铸新词

托尔斯泰称赞过这样的语言，“菌子已经没有了，但是菌子的气味留在空气里”，以为这写得很美。好像是屠格涅夫曾经这样描写一棵大树被伐倒：“大树叹息着，庄重地倒下了。”这写得非常真实。“庄重”真好！我们来写，也许会写出“慢慢地倒下”“沉重地倒下”，写不出“庄重”。鲁迅的《药》这样描写枯草：“枯草支支直立，有如铜丝。”大概还没有一个人用“铜丝”来形容过稀疏瘦硬的秋草。《高老夫子》里有这样几句话：“我没有再教下去的意思。女学堂真不知道要闹成什么样子。我辈正经人，确乎犯不上酱在一起……”“酱在一起”，真是妙绝（高老夫子是绍兴人，如果写的是北京人，就只能说“犯不上一块掺和”，那味道可就差远了）。

我的老师沈从文在《边城》里两次写翠翠拉船，所用字眼不一样，一次是：

有时过渡的是从川东过茶峒的小牛，是羊群，是新娘子的花轿，翠翠必争着作渡船夫，站在船头，懒懒地攀引缆索，让船缓缓地过去。

又一次：

翠翠斜睨了客人一眼，见客人正盯着她，便把脸背过去，抿着嘴儿，不声不响，很自负地拉着那条横缆。

“懒懒地”“很自负地”，都是很平常的字眼，但是没有人这样用过。要知道盯着翠翠的客人是翠翠所喜欢的傩送二老，于是“很自负地”四个字在这里就有了很多很深的意思了。

我曾在一篇小说里描写过火车的灯光：“车窗蜜黄色的灯光连续地映在果园东边的树墙子上，一方块，一方块，川流不息地追赶着”；在另一篇小说里描写过夜里的马：“正在安静地、严肃地咀嚼着草料”，自以为写得很贴切。“追赶”“严肃”都不是新鲜字眼，但是它表达了我自己在生活中捕捉到的印象。

一个作家要养成一种习惯，时时观察生活，并把自己的印象用清晰的、明确的语言表达出来。写下来也可以。不写下来，就记住（真正用自己的眼睛观察到的印象是不易忘记的）。记忆里保存了这种常用语言固定住的印象多了，写作时就会从笔端流出，不觉吃力。

语言的独创，不是去杜撰一些“谁也不懂的形容词之类”。好的语言都是平平常常的，人人能懂，并且也可能说得出来的语言——只是他没有说出来。人人心中所有，笔下所无。“红杏枝头春意闹”“满宫明月梨花白”都是这样。“闹”字、“白”字，有什么稀奇呢？然而，未经人道。

写小说不比写散文诗，语言不必那样精致。但是好的小说里总要有一点散文诗。

语言要和人物贴近

我初学写小说时喜欢把人物的对话写得很漂亮，有诗意，有哲理，有时甚至很“玄”。沈从文先生对我说：“你这是两个聪明脑壳打架！”他的意思是说这不像真人说的话。托尔斯泰说过：“人是不能用警句交谈的。”

尼采的《苏鲁支语录》是一个哲人的独白。吉伯维的《先知》讲的是一些箴言。这都不是人物的对话。《朱子语类》是讲道德、谈学问的，倒是谈得很自然，很亲切，没有那么多道学气，像一个活人说的话。我劝青年同志不妨看看这本书，从里面可以学习语言。

《史记》里用口语记述了很多人的对话，很生动。“伙颐，涉之为王沉沉者！”写出了陈涉的乡人乍见皇帝时的惊叹。（“伙颐”历来的注家解释不一，我以为这就是一个状声的感叹词，用现在的字写出来就是“嗬咦！”）《世说新语》里记录了很多人的对话，寥寥数语，风度宛然。张岱记两个老者去逛一处林园，婆娑其间，一老者说：“真是蓬莱仙境了也！”另一个老者说：“个边哪有这样！”生动之至，而且一听就是绍兴话。《聊斋志异·翩翩》写两个少妇对话：“一日，有少妇笑入，曰：‘翩翩小鬼头快活死！薛姑子好梦几时做得？’女迎笑曰：‘花城娘子，贵趾久弗涉，今日西南风紧，吹送来也——小哥子抱得未？’曰：‘又一小婢子。’女笑曰：‘花娘子瓦窑哉！——那弗将来？’曰：‘方呜之，睡却矣。’”这对话是用文言文写的，但是神态跃然纸上。

写对话就应该这样，普普通通，家常里短，有一点人物性格、神态，不能有多少深文大义。——写戏稍稍不同，戏剧的对话有时可以“提高”一点，可以讲一点“字儿话”，大篇大论，讲一点哲理，甚至可以说格言。

可是现在不少青年同志写小说时，也像我初学写作时一样，喜欢让人物讲一些他不可能讲的话，而且用了很多辞藻。有的小说写农民，讲的却是城里的大学生讲的话——大学生也未必那样讲话。

不单是对话，就是叙述、描写的语言，也要和所写的人物“靠”。

我最近看了一个青年作家写的小说，小说用的是第一人称，小说中的“我”是一个才入小学的孩子，写的是“我”的一个同桌的女同学，这未尝不可。但是这个“我”对他的小同学的印象却是：“她长得很纤秀。”这是不可能的。小学生的语言里不可能有这个词。

有的小说，是写农村的。对话是农民的语言，叙述却是知识分子的语言，叙述和对话脱节。

小说里所描写的景物，不但要是作者眼中所见，而且要是所写的人物的眼中所见。对景物的感受，得是人物的感受。不能离开人物，单写作者自己的感受。作者得设身处地，和人物感同身受。小说的颜色、声音、形象、气氛，得和所写的人物水乳交融，浑然一体。就是说，小说的每一个字，都渗透了人物。写景，就是写人。

契诃夫曾听一个农民描写海，说："海是大的。"这很美。一个农民眼中的海也就是这样。如果在写农民的小说中，有海，说海是如何苍茫、浩瀚、蔚蓝……统统都不对。我曾经坐火车经过张家口坝上草原，有几里地，开满了手掌大的蓝色的马兰花，我觉得真是到了一个童话的世界。我后来写一个孩子坐牛车通过这片地，本是顺理成章，可以写成：他觉得到了一个童话的世界。但是我不能这样写，因为这个孩子是个农村的孩子，他没有念过书，在他的语言里没有"童话"这样的概念。我只能写：他好像在一个梦里。我写一个从山里来的放羊的孩子看一个农业科学研究所的温室，温室里冬天也结黄瓜，结西红柿：西红柿那样红，黄瓜那样绿，好像上了颜色一样。我只能这样写。"好像上了颜色一样"，这就是这个放羊娃的感受。如果稍为写得华丽一点，就不真实。

有的作者有鲜明的个人风格，可以不用署名，一看就知是某人的作品。但是他的各篇作品的风格又不一样。作者的语言风格每因所写的人物、题材而异。契诃夫写《万卡》和写《草原》《黑修士》所用的语言是很不相同的。作者所写的题材愈广泛，他的风格也是愈易多样。

我写《徙》里用了一些文言的句子，如"呜呼，先生之泽远矣""墓草萋萋，落照昏黄，歌声犹在，斯人邈矣"。因为写的是一个旧社会的国文教员。写《受戒》《大淖记事》，就不能用这样的语言。

作者对所写的人物的感情、态度，决定一篇小说的调子，也就是风格。鲁迅写《故乡》《伤逝》和《高老夫子》《肥皂》的感情很不一样。对闰土、涓生有深浅不同的同情，而对高尔础、四铭则是不同的厌恶。因此，调子也不同。高晓声写《拣珍珠》和《陈奂生上城》的调子不同，王蒙的《说客盈门》和《风筝飘带》几乎不像是一个人写的。我写的《受戒》《大淖记事》，抒情的成分多一些，因为我很喜爱所写的人，《异秉》里的人物很可笑，也很可悲悯，所以文体上也就亦庄亦谐。

我觉得一篇小说的开头很难，难的是定全篇的调子。如果对人物的感情、态度把握住了，调子定准了，下面就会写得很顺畅。如果对人物的感情、态度把握不稳，心里没底，或是有什么顾虑，往往就会觉得手生荆棘，有时会半途而废。

作者对所写的人、事，总是有个态度，有感情的。在外国叫做“倾向性”，在中国叫做“褒贬”。但是作者的态度、感情不能跳出故事去单独表现，只能融化在叙述和描写之中，流露于字里行间，这叫做“春秋笔法”。

正如恩格斯所说：倾向性不要特别地说出。

语言是本质的东西

“他的文字不仅是表现思想的工具，似乎也是一种目的。”（闻一多《庄子》）

语言不只是技巧，不只是形式。小说的语言不是纯粹外部的东西。语言和内容是同时存在的，不可剥离的。

语言决定于作家的气质。“气以实志，志以定言，吐纳英华，莫非情性。”（《文心雕龙·体性》）鲁迅有鲁迅的语言，废名有废名的语言，沈从文有沈从文的语言，孙犁有孙犁的语言……何立伟有何立伟的语言，阿城有阿城的语言。我们的理论批评，谈作品的多，谈作家的少，谈作家气质的少。“诵其诗，读其书，不知其人可乎？”（《孟子·万章》）理论批评家的任务，首先在知人。要从总体上把握住一个作家的性格，才能分析他的全部作品。什么是接近一个作家的可靠的途径？——语言。

小说作者的语言是他的人格的一部分。语言体现小说作者对生活的基本的态度。

从小说家的角度看：文如其人；从评论家的角度看：人如其文。

成熟的作者大都有比较稳定的语言风格，但又往往能“文备众体”，写不同的题材用不同的语言。作者对不同的生活，不同的人、事的不同的感情，可以从他的语言的色调上感觉出来。鲁迅对祥林嫂寄予深刻的同情，对于高尔础、四铭是深恶痛绝的。《祝福》和《肥皂》的语调是很不相同的。探索一个作家作品的思想内涵，观察他的倾向性，首先必需掌握他的叙述的语调。《文心雕龙·知音》篇说："夫缀文者情动而辞发，观文者披文以入情。沿波讨源，虽幽必显。世远莫见其面，觇文辄见其心。"一个作品吸引读者（评论者），能够使读者产生同感的，首先是作者的语言。

研究创作的内部规律，探索作者的思维方式、心理结构，不能不玩味作者的语言。是的，"玩味"。

从众和脱俗

外国的研究者爱统计作家所用的词汇。莎士比亚用了多少词汇，托尔斯泰用了多少词汇，屠格涅夫用了多少词汇。似乎词汇用得越多，这个作家的语言越丰富，还有人编过某一作家的字典。我没有见过这种统计和字典，不能评论它的科学意义，但是我觉得在中国这样做是相当困难的。中国字的歧义很多，语词的组合又很复杂。如果编一本中国文学字典（且不说某一作家的字典），粗略了，意思不大；要精当可读，那是要费很大功夫的。

现代中国小说家的语言趋向于简洁平常。他们力求使自己的语言接近生活语言，少事雕琢，不尚辞藻。现在没有人用唐人小说的语言写作。很少人用梅里美式的语言、屠格涅夫式的语言写作。用徐志摩式的“浓得化不开”的语言写小说的人也极少。小说作者要求自己的语言能产生具体的实感，以区别于其他的书面语言，比如报纸语言、广播语言。我们经常在广播里听到一句话“绚丽多彩”，“绚丽”到底是什么样子呢？这样的语言为小说作者所不取。中国的书面语言有多用双音词的趋势。但是生活语言还保留很多单音的词。避开一般书面语言的双音词，采择口语里的单音词。此是从众，亦是脱俗之一法。如鲁迅的《采薇》：

> 他愈嚼，就愈皱眉，直着脖子咽了几咽，倒哇的一声吐出来了，诉苦似的看着叔齐道：
>
> “苦……粗……”
>
> 这时候，叔齐真好像落在深潭里，什么希望也没有了。抖抖的也拗了一角，咀嚼起来，可真也毫没有可吃的样子：苦……粗……

“苦……粗……”到了广播电台的编辑的手里，大概会提笔改成“苦涩……粗糙……”那么，全完了！鲁迅的特有的温和的讽刺，鲁迅的幽默感，全都完了！

从众和脱俗是一回事。

小说家的语言的独特处不在他能用别人不用的词，而是在别人也用的词里赋以别人想不到的意蕴（他们不去想，只是抄）。

张戒《诗话》：“古诗：‘白杨多悲风，萧萧愁杀人’，萧萧两字处处可用，然惟坟墓之间，白杨悲风尤为至切，所以为奇。”

鲁迅用字至切，然所用多为常人语也。《高老夫子》：

> 我没有再教下去的意思。女学堂真不知要闹成什么样子。我辈正经人，确乎犯不上酱在一起……

“酱在一起”大概是绍兴土话。但是非常准确。

《祝福》：

> 他是我的本家，比我长一辈，应该称之曰“四叔”，是一个讲理学的老监生。但比先前并没有什么大改变，单是胖了些，但也还未留胡子，一见面是寒暄，寒暄之后说我“胖了”，说我胖了之后即大骂其新党。但我知道，这并非借题在骂我：因为他所骂的还是康有为。但是，谈话总是不投机的了，于是不多久，我便一个人剩在书房里。

假如要编一本鲁迅字典，这个“剩”字将怎样注释呢？除了注明出处（把我前引的一段抄上去），标出绍兴话的读音之外，大概只有这样写：

剩是余下的意思。有一种说不出来的孤寂无聊之感，仿佛被这世界所遗弃，孑然地存在着了。而且连四叔何时离去的，也都未觉察，可见四叔既不以鲁迅为意，鲁迅也对四叔并不挽留，确实是不投机的了。四叔似乎已经走了一会了，鲁迅方发现只有自己一个人剩在那里。这不是鲁迅的世界，鲁迅只有走。

这样的注释，行么？推敲推敲，也许行。

小说家在下一个字的时候，总得有许多“言外之意”。“看似寻常最奇崛，成如容易却艰辛”，凡是真正意识到小说是语言的艺术的，都深知其中的甘苦。姜白石说：“人所常言，我寡言之；人所难言，我易言之，自不俗。”说得不错。一个小说作家在写每一句话时，都要像第一次学会说这句话。中国的画家说“画到生时是熟时”，作画须由生入熟，再由熟入生。语言写到“生”时，才会有味。语言要流畅，但不能“熟”。援笔即来，就会是“大路活”。

现代小说作家所留心的，不止于“用字”，他们更注意的是语言的神气。

神气·音节·字句

“文气论”是中国文论的一个源远流长的重要的范畴。

韩愈提出“气盛言宜”：“气，水也；言，浮物也。水大而物之浮者大小毕浮。气之与言，犹是也。气盛则言之短长与声之高下者皆宜。”他所谓“气盛”，我们似可理解为作者的思想充实，情绪饱满。他第一次提出作者的心理状态与表达的语言的关系。

桐城派把“文气论”阐说得很具体。他们所说的“文气”，实际上是语言的内在的节奏，语言的流动感。“文气”是一个精微的概念，但不是不可捉摸。桐城派解释得很实在。刘大櫆认为为文之能事分为三个步骤：一神气，“文之最精处也”；二音节，“文之稍粗处也”；三字句，“文之最粗处也”。桐城派很注重字句。论文章，重字句，似乎有点卑之勿甚高论，但桐城派老老实实地承认这是文章的根本。刘大櫆说：“近人论文不知有所谓音节者；至语以字句，则必笑以为末事。此论似高实谬。作文若字句安顿不妙，岂复有文字乎？”他们所说的“字句”，说的是字句的声音，不是它的意义。刘大櫆认为：“音节者，神气之迹也。字句者，音节之矩也。神气不可见，于音节见之；音节无可准，以字句准之”。“凡行文多寡短长，抑扬高下，无一定之律，而有一定之妙，可以意会而不可以言传。学者求神气而得之于音节，求音节而得之于字句，则思过半矣。”如何以字句准音节？他说得非常具体。“一句之中，或多一字，或少一字；一字之中，或用平声，或用仄声；同一平字仄字，或用阴平阳平上声去声入声，则音节迥异。”

这样重视字句的声音，以为这是文学语言的精髓，是中国文论的一个很独特的见解。别的国家的文艺学里也有涉及语言的声音的，但都没有提到这样的高度，也说不到这样的精辟。这种见解，桐城派以前就有。韩愈所说的“气盛言宜”，“言宜”就包括“言之长短”和“声之高下”。不过到了桐城派就更清楚地意识到这一点，发挥得也更完备了。

二十年代、三十年代的作家是很注意字句的。看看他们的原稿，特别是改动的地方，是会对我们很有启发的。有些改动，看来不改也过得去，但改了之后，确实好得多。《鲁迅全集》第二卷卷首影印了一页《眉间尺》的手稿，末行有一句：

他跨下床，借着月光走向门背后，摸到钻火家伙，点上松明，向水瓮里一照。

细看手稿，“走向”原来是“走到”；“摸到”原来是“摸着”。捉摸一下，改了之后，比原来的好。特别是“摸到”比“摸着”好得多。

传统的语言论对我们今天仍然是有用的。我们使用语言时，所注意的无非是两点：一是长短，一是高下。语言之道，说起来复杂，其实也很简单。不过运用之妙，可就存乎一心了。不是懂得简单的道理，就能写得出好语言的。

“积字成句，积句成章，积章成篇。合而读之，音节见矣；歌而咏之，神气出矣。”一篇小说，要有一个贯串全篇的节奏，但是首先要写好每一句话。

有一些青年作家意识到了语言的声音的重要性。所谓“可读性”，首先要悦耳。

小说语言的诗化

意境说也是中国文艺理论的重要范畴，它的影响，它的生命力不下于文气说。意境说最初只应用于诗歌，后来涉及到了小说。废名说过：“我写小说同唐人写绝句一样。”何立伟的一些小说也近似唐人绝句。所谓“唐人绝句”，就是不着重写人物，写故事，而着重写意境，写印象，写感觉，物我同一，作者的主体意识很强。这就使传统的小说观念发生了很大的变化，使小说和诗变得难解难分。这种小说被称为诗化小说。这种小说的语言也就不能不发生变化。这种语言，可以称之为诗化的小说语言——因为它毕竟和诗还不一样。所谓诗化小说的语言，即不同于传统小说的纯散文的语言。这种语言，句与句之间的跨度较大，往往超越了逻辑，超越了合乎一般语法的句式（比如动宾结构）。比如：

> 老白粗茶淡饭，怡然自得。化纸之后，关门独坐。门外长流水，日长如小年。（《故人往事·收字纸的老人》）

如果用逻辑谨严，合乎语法的散文写，也是可以的，但不易产生如此恬淡的意境。

强调作者的主体意识，同时又充分信赖读者的感受能力，愿意和读者共同完成对某种生活的准确印象，有时作者只是罗列一些事物的表象，单摆浮搁，稍加组织，不置可否，由读者自己去完成画面，注入情感。“鸡声茅店月，人迹板桥霜。”“枯藤老树昏鸦，小桥流水人家，古道西风瘦马。”这种超越理智，诉诸直觉的语言，已经被现代小说广泛应用。如：

> 抗日战争时期，昆明小西门外。
>
> 米市，菜市，肉市。柴驮子，炭驮子。马粪。粗细瓷

碗。砂锅铁锅。焖鸡米线，烧饵块。金钱片腿，牛干巴。炒菜的油烟，炸辣子的呛人的气味。红黄蓝白黑，酸甜苦辣咸。（《钓人的孩子》）

这不是作者在语言上耍花招，因为生活就是这样的。如果写得文从理顺，全都“成句”，就不忠实了。语言的一个标准是：诉诸直觉，忠于生活。

文言和白话的界限是不好划的。“一路秋山红叶，老圃黄花，不觉到了济南地界”，是文言，还是白话？只要我们说的是中国话，恐怕就摆脱不了一定的文言的句子。

中国语言还有一个世界各国语言没有的格式，是对仗。对仗，就是思想上、形象上、色彩上的联属和对比。我们总得承认联属和对比是一项美学法则。这在中国语言里发挥到了极致。我们今天写小说，两句之间不必，也不可能在平仄、虚实上都搞得铢两悉称，但是对比关系不该排斥。

……罗汉堂外面，有两棵很大的白果树，有几百年了。夏天，一地浓荫。冬天，满阶黄叶。（《幽冥钟》）

如果不用对仗，怎样能表达时序的变易，产生需要的意境呢？

中国现代小说的语言和中国画，特别是唐宋以后的文人画的关系是非常密切的。中国文人画是写意的。现代中国小说也是写意的多。文人画讲究“笔墨情趣”，就是说“笔墨”本身是目的，物象是次要的。这就回到我们最初谈到的一个命题：“他的文字不仅是表现思想的工具，似乎也是一种目的”。

现代小说的语言往往超出现象，进入哲理，对生活做较高度的概括。

小说语言的哲理性，往往接受了外来的影响。

> 每个人带着一生的历史，半个月的哀乐，在街上走。

《钓人的孩子》这样的语言是从哪里来的？大概是《巴黎之烦恼》。

谈谈风俗画

有几位评论家都说我的小说里有风俗画。这一点是我原来没有意识到的。经他们一说，我想想倒是有的。有一位文学界的前辈曾对我说："你那种写法是风俗画的写法。"并说这种写法很难。风俗画的写法是怎样一种写法？这种写法难么？我不知道。有人干脆说我是一个风俗画作家……

我是很爱看风俗画的。十七世纪荷兰学派的画，日本的浮世绘，我都爱看。中国的风俗画的传统很久远了。汉代的很多画像石刻、画像砖都画（刻）了迎宾、饮宴、耍杂技——倒立、弄丸、弄飞刀……有名的说书俑，滑稽中带点愚蠢，憨态可掬，看了使人不忘。晋唐的画以宗教画、宫廷画为大宗，但这当中也不是没有风俗画，敦煌壁画中的杰作《张义潮出巡图》就是。墓葬中的笔致粗率天真的壁画，也多涉及当时的风俗。宋代风俗画似乎特别地流行，《清明上河图》是一个突出的例子。我看这幅画，能够一看看半天。我很想在清明那天到汴河上去玩玩，那一定是非常好玩的。南宋的画家也多画风俗。我从马远的《踏歌图》知道"踏歌"是怎么回事，从而增加了对"桃花潭水深千尺，不及汪伦送我情"的理解。这种"踏歌"的遗风，似乎现在朝鲜还有。我也很爱李嵩、苏汉臣的《货郎图》，它让我知道南宋的货郎担上有那么多卖给小孩子们的玩意，真是琳琅满目，都蛮有意思。元明的风俗画我所知甚少。清朝罗两峰的《鬼趣图》可以算是风俗画。幸好这时兴起了年画。杨柳青、桃花坞的年画大部分都是风俗画，连不画人物只画动物的也都是，如《老鼠嫁女》。我很喜欢这张画，如鲁迅先生所说，所有俨然穿着人的衣冠的鼠类，都尖头尖脑的非常有趣。陈师曾等人都画过北京市井的生活。风俗画的雕塑大师是泥人张。他的《钟馗嫁妹》《大出丧》，是近代风俗画的不朽的名作。

我也爱看讲风俗的书。从《荆楚岁时记》直到清朝人写的《一岁货声》之类的书都爱翻翻。还是上初中的时候，一年暑假，我在祖父的尘封的书架上发现了一套巾箱本木活字聚珍版的丛书，里面有一册《岭表录异》，我就很感兴趣地看起来，后来又看了《岭外代答》。从此就对讲地理的书、游记，产生了一种嗜好。不过我最有兴趣的是讲风俗民情的部分，其次是物产，尤其是吃食。对山川疆域，我看不进去，也记不住。宋元人笔记中有许多是记风俗的，《梦溪笔谈》《容斋随笔》里有不少条记各地民俗，都写得很有趣。明末的张岱特长于记述风物节令，如记西湖七月半、泰山进香，以及为祈雨而赛水浒人物，都极生动。虽然难免有鲁迅先生所说的夸张之处，但是绘形绘声，详细而不琐碎，实在很叫人向往。我也很爱读各地的竹枝词，尤其爱读作者自己在题目下面或句间所加的注解。这些注解常比本文更有情致。我放在手边经常看看的一本书是古典文学出版社出的《东京梦华录》（外四种——《都城纪胜》《西湖老人繁胜录》《梦粱录》《武林旧事》）。这样把记两宋风俗的书汇为一册，于翻检上极便，是值得感谢的，只是断句断错的地方太多。这也难怪。有一位历史学家就说过《东京梦华录》是一本难读的书。因为对当时的情形和语言不明白，所以不好断句。

我对风俗有兴趣，是因为我觉得它很美。我曾经在一篇文章里说过：“我以为风俗是一个民族集体创作的生活的抒情诗”（《〈大淖记事〉是怎样写出来的》）。这是一句随便说说的话，没有任何学术意义。但也不是一点道理没有。我以为，风俗，不论是自然形成的，还是包含一定的人为的成分（如自上而下的推行），都反映了一个民族对生活的挚爱，对“活着”所感到的欢悦。他们把生活中的诗情用一定的外部的形式固定下来，并且相互交流，融为一体。风俗中保留一个民族的常绿的童心，并对这种童心加以圣化。风俗使一个民族永不衰老。风俗是民族感情的重要的组成部分。斯大林把民族感情列为民族的要素之一。民族感情是抽象的，看不见摸不着，但它确实存在着。民族感情常常体现在风俗中。风俗，是具体的。一种风俗对维系民族感情的作用是不可估量的，如那达慕、刁羊、麦西来甫、三月街……

所谓风俗，主要指仪式和节日。仪式即“礼”。礼这个东西，未可厚非。据说辜鸿铭把中国的“礼”翻译成英语时，译为“生活的艺术”。这传闻不知是否可靠，但却很有意思。礼是具有艺术性的，很好玩的，假如我们抛开其中迷信和封建的内核，单看它的形式。礼，包括婚礼和丧礼。很多外国的和中国少数民族的民间舞蹈常常以“××人的婚礼”作题目，那是在真实的婚礼的基础上加工而成的。结婚，对一个少女来说，意味着迈进新的生活，同时也意味着向过去的一切告别了。因此，这一类的舞蹈大都既有喜悦，又有悲哀，混和着复杂的感情，其动人处，也在此。中国西南几个民族都有

“哭嫁”的习俗。临嫁的姑娘要把要好的姊妹约来哭（唱）一夜甚至几夜。那歌词大都是充满了真情，很美的。我小时候最爱参加丧礼，不管是亲戚家还是自己家的。我喜欢那种平常没有的“当大事”的肃穆的气氛，所有的人好像一下子都变得雅起来，多情起来了，大家都像在演戏，扮演一种角色，很认真地扮演着。我喜欢“六七开吊”，那是戏的顶点。我们那里开吊都要“点主”。点主，就是在亡人的牌位上加点。白木的牌位上事先写好了某某人之“神王”，要在王字上加一点，这才成了“神主”，点主不是随随便便点的，很隆重。要请一位有功名的老辈人来点。点主的人就位后，生喝道：“凝神——想象，请加墨主！”点主人用一枝新墨笔在“王”字上点一点；然后再：“凝神——想象，请加朱主！”点主人再用朱笔点一点，把原来的墨点盖住。这样，那个人的魂灵就进了这块牌位了。“凝神——想象”，这实在很有点抒情的意味，也很有戏剧性。我小时看点主，很受感动，至今印象很深。

至于节日，那更不用说了。试想一下，如果没有那样多的节，我们的童年将是多么贫乏，多么缺乏光彩呀。日本人对传统的节日非常重视。多么现代化的大企业，到了盂兰盆节这一天，也要停产放假，举行集体的娱乐活动。这对于培养和增强民族的自信，无疑是会有好处的。

风俗，仪式和节日，是历史的产物，它必然是要消亡的。谁也不会提出恢复所有的传统的风俗，但是把它们记录下来，给现在的和将来的人看看，是有着各方面的意义的。我很希望中国民俗学会能编出两本书，一本《中国婚丧礼俗》，一本《中国的节日》。现在着手，还来得及。否则，到了“礼失而求于野”，要到穷乡僻壤去访问搜集，就费事了。

为什么要在小说里写进风俗画？前已说过，我这样做原是无意的。只是因为我的相当一部分小说是写的家乡的，写小城的生活，平常的人事，每天都在发生，举目可见的小小悲欢，这样，写进一点风俗，便是很自然的事了。“人情”和“风土”原是紧密关联的。写一点风俗画，对增加作品的生活气息、乡土气息，是有帮助的。风俗画和乡土文学有着血缘关系，虽然二者不是一回事。很难设想一部富于民族色彩的作品而一点不涉及风俗。鲁迅的《故乡》《社戏》，包括《祝福》，是风俗画的典范。《朝花夕拾》每篇都洋溢着罗汉豆的清香。沈从文的《边城》如果不是几次写到端午节赛龙船，便不会有那样浓郁的色彩。“风俗画小说”，在一般人的概念里，不是一个贬词。

风俗画小说的文体几乎都是朴素的。风俗本身是自自然然的。记述风俗的书原来不过是聊资谈助，大都是随笔记之，不事雕饰。幽兰居士孟元老《东京梦华录序》云：“此录语言鄙俚，不以文饰者，盖欲上下通晓耳，观者幸详焉。”用华丽的文笔记风俗的人好像还很少。同样，风俗画小说所记述的生活也多是比较平实的，一般不太注重强烈的戏剧化的情节。写风俗而又富于浪漫主义的戏剧性的情节的，似乎只有梅里美一人。但他所写的往往是异乡的奇俗（如世代复仇），而且通常是不把梅里美列在风俗画作家范围内的。风俗画小说，在本质上是现实主义的。

记风俗多少有点怀旧，但那是故国神游，带抒情性，并不流于伤感。风俗画给予人的是慰藉，不是悲苦。就我所见过的风俗画作品来看，调子一般不是低沉的。

小说里写风俗，目的还是写人。不是为写风俗而写风俗，那样就不是小说，而是风俗志了。风俗和人的关系，大体有这样三种：

一种是以风俗作为人的背景。

一种是把风俗和人结合在一起，风俗成为人的活动和心理的契机。比如：

> 去年元夜时，花市灯如昼。
>
> 月上柳梢头，人约黄昏后。

又如苏北民歌《探妹》：

> 正月里探妹正月正，
>
> 我带小妹子看花灯，
>
> 看灯是假的，
>
> 妹子呀，试试你的心。

《边城》几次写端午节赛龙船，和翠翠的情绪的发育和感情的变化是紧紧扣在一起的，并且是情节发展不可缺少的纽带。

也有时，看起来是写风俗，实际上是在写人。我的小说里写风俗占篇幅最长的大概是《岁寒三友》里描写放焰火的一段。因为这篇小说见到的人不是很多，我把这一段抄录在下面：

这天天气特别好。万里无云，一天皓月。阴城的正中，立起一个四丈多高的架子。有人早早吃了晚饭，就扛了板凳来等着了。各种卖小吃的都来了。卖牛肉高粱酒的，卖回卤豆腐干的，卖五香花生米、芝麻灌香糖的，卖豆腐脑的，卖煮荸荠的，还有卖河鲜——卖紫皮鲜菱角和新剥鸡头米的……到处是“气死风”的四角玻璃灯，到处是白蒙蒙的热气、香喷喷的茴香八角气味。人们寻亲访友，说短道长，来来往往，亲亲热热。阴城的草都被踏倒了。人们的鞋底也叫秋草的浓汁磨得滑溜溜的。

忽然，上万双眼睛一齐朝着一个方向看。人们的眼睛一会儿睁大，一会儿眯细；人们的嘴一会儿张开，一会儿又合上；一阵阵叫喊，一阵阵欢笑，一阵阵掌声。——陶虎臣点着了焰火了。

中间还有一段具体描写几种焰火，文长不录。

……火光炎炎，逐渐消隐，这时才听到人们呼唤：

“二丫头，回家咧！”

“四儿，你在哪儿哪？”

“奶奶，等等我，我鞋掉了！”

人们摸摸板凳，才知道：呀，露水下来了。

这里写的是风俗，没有一笔写人物，但是我自己知道笔笔都着意写人，写的是焰火的制造者陶虎臣。我是有意在表现人们看焰火时的欢乐热闹气氛中表现生活一度上升时期陶虎臣的愉快心情，表现用自己的劳作为人们提供欢乐，并于别人的欢乐中感到欣慰的一个善良人的品格的。这一点，在小说里明写出来，也是可以的，但是我故意不写，我把陶虎臣隐去了，让他消融在欢乐的人群之中。我想读者如果感觉到看焰火的热闹和欢乐，也就会感觉到陶虎臣这个人。人在其中，却无觅处。

写风俗，不能离开人，不能和人物脱节，不能和故事情节游离。写风俗不能留连忘返，收不到人物的身上。风俗画小说是有局限性的。一是风俗画小说往往只就人事的外部加以描写，较少刻画人物的内心世界，不大作心理描写，因此人物的典型性较差。二是，风俗画一般是清新浅易的，不大能够概括十分深刻的社会生活内容，缺乏历史的厚度，也达不到史诗一样的恢宏的气魄。因此，风俗画小说常常不能代表一个时代的文学创作的主流。这一点，风俗画小说作者应该有自知之明，不要因为自己的作品没有受到重视而气愤。

因此，我希望自己，也希望别人，不要只是写风俗画。并且，在写风俗画小说时也要有所突破，向生活的深度和广度掘进和开拓。

成语·乡谈·四字句

春节前与林斤澜同去看沈从文先生。座间谈起一位青年作家的小说，沈先生说："他爱用成语写景，这不行。写景不能用成语。"这真是一针见血的经验之谈。写景是为了写人，不能一般化。必须状难状之景，如在目前，这样才能为人物设置一个特殊的环境，使读者能感触到人物所生存的世界。用成语写景，必然是似是而非，模模糊糊，因而也就是可有可无，衬托不出人物。《西游记》爱写景，常于"但见"之后，写一段骈四俪六的通俗小赋，对仗工整，声调铿锵，但多是"四时不谢之花，八节常春之草"一类的陈词套语，读者看到这里大都跳了过去，因为没有特点。

由沈先生的话使我连带想到，不但写景，就是描写人物，也不宜多用成语。旧小说多用成语描写人物的外貌，如"面如重枣""面如锅底""豹头环眼""虎背熊腰"，给人的印象是"差不多"。评书里有许多"赞"，如"美人赞"，无非是"柳叶眉、杏核眼，樱桃小口一点点"。刘金定是这样，樊梨花也是这样。《红楼梦》写凤姐极生动，但多于其口角言谈，声音笑貌中得之，至于写她出场时的"亮相"，说她"两弯柳叶吊梢眉，一双丹凤三角眼"，形象实在不大美，也不准确，就是因为受了评书的“赞”的影响，用了成语。

看来凡属描写，无论写景写人，都不宜用成语。

至于叙述语言，则不妨适当地使用一点成语。盖叙述是交代过程，来龙去脉，读者可能想见，稍用成语，能够节省笔墨。但也不宜多用。满篇都是成语，容易有市井气，有伤文体的庄重。

听说欧阳山同志劝广东的青年作家都到北京住几年，广东作家都要过语言关。孙犁同志说老舍在语言上得天独厚。这都是实情话。北京的作家在语言上占了很大的便宜。

大概从明朝起，北京话就成了“官话”。中国自有白话小说，用的就是官话。“三言”“二拍”的编著者，冯梦龙是苏州人，凌濛初是浙江乌程（即吴兴）人，但文中用吴语甚少。冯梦龙偶尔在对话中用一点吴语，如“直待两脚壁立直，那时不关我事得”（《滕大尹鬼断家私》）。凌濛初的叙述语言中偶有吴语词汇，如“不匡”（即苏州话里的“弗壳张”，想不到的意思）。《儒林外史》里有安徽话，《西游记》里淮安土语颇多（如“不当人子”）。但是这些小说大体都是用全国通行的官话写的。《红楼梦》是用地道的北京话写的。《红楼梦》对中国现代文学语言的形成，有着不可估量的影响。

有了官话文学，“白话文”的出现就是水到渠成的事，白话文运动的策源地在北京。“五四”时期许多外省籍的作家都是用普通话即官话写作的。有的是有意识地用北京话写作的。闻一多先生的《飞毛腿》就是用纯粹的北京口语写成的。朱自清先生晚年写的随笔，北京味儿也颇浓。

咱们现在都用普通话写作。普通话是以北方话作为基础方言，吸收别处方言的有用成分，以北京音为标准音的。“北方话”包括的范围很广，但是事实上北京话却是北方话的核心，也就是说是普通话的核心。北京话也是一种方言。普通话也仍然带有方言色彩。张奚若先生在当教育部长时作了一次报告，指出“普通话”是普遍通行的话，不是寻常的普普通通的话。就是说，不是没有个性，没有特点，没有地方色彩的话。普通话不是全国语言的最大公约数，不是把词汇压缩到最低程度，因而是缺乏艺术表现力的蒸馏水式的语言。普通话也有其生长的土壤，它的根扎在北京。要精通一种语言，最好是到那个地方住一阵子。欧阳山同志的忠告，是有道理的。

不能到北京，那就只好从书面语言去学，从作品学，那怎么说也是隔了一层。

吸收别处方言的有用成分。别处方言，首先是作家的家乡话。一个人最熟悉，理解最深，最能懂得其传神妙处的，还是自己的家乡话，即“母舌”。有些地区的作家比较占便宜，比如云、贵、川的作家。云、贵、川的话属西南官话，也算在“北京话”之内。这样他们就可以用家乡话写作，既有乡土气息，又易为外方人所懂，也可以说是“得天独厚”。沙汀、艾芜、何士光、周克芹都是这样。有的名物，各地歧异甚大，我以为不必强求统一。比如何士光的《种包谷的老人》，如果改成《种玉米的老人》，读者就会以为这是写的华北的故事。有些地方语词，只能声音传情，很难望文生义，就有点麻烦。我的家乡（我的家乡属苏北官话区）把一个人穿衣服干净、整齐、挺括、有样子，叫做“格挣挣的”。我在写《受戒》时想用这个词，踌踌了很久。后来发现山西话里也有这个说法，并在元曲里也发现“格挣”这个词，才放心地用了。有些地方话不属“北方话”，比如吴语、粤语、闽南语、闽北语，就更加麻烦了。有些不得不用、无法代替的语词，最好加一点注解。高晓声小说中用了“投煞青鱼”，我到现在还不知道这究竟是什么意思。

作家最好多懂几种方言。有时为了加强地方色彩，作者不得不刻苦地学习这个地方的话。周立波是湖南益阳人，平常说话，乡音未改，《暴风骤雨》里却用了很多东北土话。旧小说里写一个人聪明伶俐，见多识广，每说他“能打各省乡谈”，比如浪子燕青。能多掌握几种方言，也是作家生活知识比较丰富的标志。

听说有些中青年作家非常反对用四字句，说是一看到四字句就讨厌。这使我有点觉得奇怪。

中国语言里本来就有许多四字句，不妨说四字句多是中国语言的特点之一。

我是主张适当地用一点四字句的。理由是：一，可以使文章有点中国味儿。二，经过锤炼的四字句往往比自然状态的口语更为简洁，更能传神。若干年前，偶读张恨水的一本小说，写几个政客在妓院里磋商政局，其中一人，“闭目抽烟，烟灰自落”。老谋深算，不动声色，只此八字，完全画出。三，连用四字句，可以把句与句之间的连词、介词，甚至主语都省掉，把有转折、多层次的几件事贯在一起，造成一种明快流畅的节奏。如：“乃瞻衡宇，载欣载奔。僮仆欢迎，稚子候门。三径就荒，松菊犹存。携幼入室，有酒盈樽。”（陶渊明《归去来兮辞》）。

反对用四字句，我想有两方面的原因。一方面是作者习惯于用外来的，即“洋”一点的方式叙述，四字句与这种叙述方式格格不入。一方面是觉得滥用四字句，容易使文体滑俗，带评书气。如果是第二种，我觉得可以同情。我并不主张用说评书的语言写小说。如果用一种“别体”，有意地用评书体甚至相声体来写小说，那另当别论。但是评书和相声与现代小说毕竟不是一回事。

呼应

我曾在一篇谈小说创作的短文中提到章太炎论汪容甫的骈文，“起止自在，无首尾呼应之式”，表示很欣赏。汪容甫能把骈体文写得那样“自在”，行云流水，不讲起承转合那一套，读起来很有生气，不像一般四六文那样呆板，确实很不容易。但这是指行文布局，不是说小说的情节和细节的安排。小说的情节和细节，是要有呼应的。

李笠翁论戏曲讲究“密针线”，讲究照应和埋伏。《闲情偶寄》有一段说得好：

> 编戏有如缝衣，其初则以完全者剪碎，其后又以剪碎者凑成。剪碎易，凑成难。凑成之工，全在针线紧密。一节偶疏，全篇之破绽出矣。每编一折，必须前顾数折，后顾数折。顾前者欲其照映，顾后者便于埋伏。照映、埋伏，不止照映一人，埋伏一事，凡是剧中有名之人，关涉之事，与前

此后此所说之话，节节俱要想到。

我是习惯于打好腹稿的。但一篇较长的小说，如超过一万字，总不能从头至尾每一个字都想好，有一个总体构思之后，总得一边写一边想。写的时候要往前想几段，往后想几段，不能写这段只想这段。有埋伏，有呼应，这样才能使各段之间互相沟通，成为一体，否则就成了拼盘或北京人过年吃的杂拌儿。譬如一弯流水，曲折流去，不断向前，又时时回顾，才能生动多姿。一边写一边想，顾前顾后，会写出一些原来没有想到的细节，或使原来想到但还不够鲜明的细节鲜明起来。我写《八千岁》，写了他允许儿子养几只鸽子，他自己有时也去看看鸽子，原来只是想写他也是个人，对生活的兴趣并未泯灭，但他在被八舅太爷敲了一笔竹杠，到赵厨房去参观满汉全席，赵厨房说鸽蛋燕窝里鸽蛋不够，他说了一句："你要鸽子蛋，我那里有"，都是事前没有想到的。只是觉得他的处境又可怜又可笑，才信手拈来，写了这样一笔。他平日自奉甚薄，饮食粗粝，老吃"草炉烧饼"，遭了变故，后来吃得好一点，我是想到的。但让他吃什么，却还没有想好。直到写到快结束时，我才想起在他的儿子把照例的"晚茶"——两个烧饼拿来时，他把烧饼往桌上一拍，大声说："给我去叫一碗三鲜面！"边写边想，前后照顾，可以情文相生，时出新意。

埋伏和照映是要惨淡经营的，但也不能过分地刻意求之。埋伏处要能轻轻一笔，若不经意。照映处要顺理成章，水到渠成。要使读者看不出斧凿痕迹，只觉得自自然然，完完整整，如一丛花，如一棵菜。虽由人力，却似天成。如果使人看出来这里是埋伏，这里是照映，便成死症。

含藏

“逢人只说三分话，未可全抛一片心”，这是一种庸俗的处世哲学。写小说却必须这样。李笠翁云，作诗文不可说尽，十分只说得二三分。都说出来，就没有意思了。

侯宝林有一个相声小段《买佛龛》。一个老太太买了一个祭灶用的佛龛，一个小伙子问她：“老太太，您这佛龛是哪儿买的？”——“嗨，小伙子，这不能说买，得说‘请’！”——“那您是多少钱‘请’的？”——“嗐！这么个玩意——八毛！”听众都笑了。这就够了。如果侯宝林“评讲”一番，说老太太一提到钱，心疼，就把对佛龛的敬意给忘了，那还有什么意思呢？话全说白了，没个捉摸头了。契诃夫写《万卡》，万卡给爷爷写了一封很长的信，诉说他的悲惨的生活，写完了，写信封，信封上写道：“寄给乡下的爷爷收”。如果契诃夫写出：万卡不知道，这封信爷爷是不会收到的，那这篇小说的感人力量就大大削弱了，契诃夫也就不是契诃夫了。

我写《异秉》，写到大家听到王二的“大小解分清”的异秉后，陈相公不见了，“原来陈相公在厕所里。这是陶先生发现的。他一头走进厕所，发现陈相公已经蹲在那里。本来，这时候都不是他们俩解大手的时候”。一位评论家在一次讨论会上，说他看到这里，过了半天，才大笑出来。如果我说破了他们是想试试自己能不能也做到“大小解分清”，就不会有这样的效果。如果再发一通议论，说：“他们竟然把生活的希望寄托在这样的微不足道的、可笑的生理特征上，庸俗而又可悲悯的小市民呀！”那就更完了。

“话到嘴边留半句”，在一点就破的地方，偏偏不要去点。在“根节儿”上，“七寸三分”的地方，一定要“留”得住。尤三姐有言：“提着影戏人儿上场，好歹别戳破这层纸儿。”把作者的立意点出来，主题倒是清楚了，但也就使主题受到局限，而且意味也就索然了。

小说不宜点题。

很多中国作家是吃狼的奶长大的。没有外国文学的影响，中国文学不会像现在这个样子，很多作家也许不会成为作家。即使有人从来不看任何外国文学作品，即使他一辈子住在连一条公路也没有的山沟里，他也是会受外国文学的影响的，尽管是间接又间接的。没有一个作家是真正的“土著”，尽管他以此自豪，以此标榜。

高中三年级的时候，我为避战乱，住在乡下的一个小庵里，身边所带的书，除为了考大学用的物理化学教科书外，只有一本《沈从文选集》。一本屠格涅夫的《猎人日记》。可以说，是这两本书引我走上文学道路的。屠格涅夫对人的同情，对自然的细致的观察给我很深的影响。

我在大学里读的是中文系，但是课外所看的，主要是翻译的外国文学作品。

我喜欢在气质上比较接近我的作家。不喜欢托尔斯泰。一直到一九五八年我被划成“右派”下放劳动，为了找一部耐看的作品，我才带了两大本《战争与和平》，费了好大的劲才看完。不喜欢陀思妥耶夫斯基那样沉重阴郁的小说。非常喜欢契诃夫。托尔斯泰说契诃夫是一个很怪的作家，他好像把文字随便丢来丢去，就成了一篇作品。我喜欢他的松散自由、随便、起止自在的文体；喜欢他对生活的痛苦的思索和一片温情。我认为契诃夫是一个真正的现代作家。从契诃夫后，俄罗斯文学才进入一个新的时期。

苏联文学里，我喜欢安东诺夫。他是继承契诃夫传统的。他比契诃夫更现代一些，更西方一些。我看了他的《在电车上》，有一次在文联大楼开完会出来，在大门台阶上遇到萧乾同志，我问他："这是不是意识流？"萧乾说："是。但是我不敢说！"五十年代，在中国提起意识流都好像是犯法的。

我喜欢苏克申，他也是继承契诃夫的。苏克申对人生的感悟比安东诺夫要深，因为这时的苏联作家已经摆脱了斯大林的控制，可以更自由地思索了。

法国文学里，最使当时的大学生着迷的是A·纪德。在茶馆里，随时可以看到一个大学生捧着一本纪德的书在读，从优雅的、抒情诗一样的情节里思索其中哲学的底蕴。影响最大的是《纳蕤思解说》《田园交响乐》。《窄门》《伪币制造者》比较枯燥。在《地粮》的文体影响下，不少人写起散文诗日记。

波特莱尔的《恶之花》《巴黎之烦恼》是一些人的袋中书——这两本书的开本都比较小。

我不喜欢莫泊桑，因为他做作，是个"职业小说家"。我喜欢都德，因为他自然。

我始终没有受过《约翰·克里斯多夫》的诱惑，我宁可听法朗士的怀疑主义的长篇大论。

英国文学里，我喜欢弗·伍尔芙。她的《到灯塔去》《浪》写得很美。我读过她的一本很薄的小说《狒拉西》，是通过一只小狗的眼睛叙述白朗宁和白朗宁夫人的恋爱过程，角度非常别致。《狒拉西》似乎不是用意识流方法写的。

我很喜欢西班牙的阿左林，阿左林的意识流是覆盖着阴影的，清凉的，安静透亮的溪流。

意识流有什么可非议的呢？人类的认识发展到一定阶段，就会发现人的意识是流动的，不是那样理性，那样规整，那样可以分切的。意识流改变了作者和人物的关系。作者对人物不再是旁观、俯视、为所欲为。作者的意识和人物的意识同时流动。这样，作者就更接近人物，也更接近生活，更真实了。意识流不是理论问题，是自然产生的。林徽因显然就是受了弗·伍尔芙的影响，废名原来并没有看过伍尔芙的作品，但是他的作品却与伍尔芙十分相似。这怎么解释？

意识流造成传统叙述方法的解体。

我年轻时是受过现代主义、意识流方法的影响的。

太阳晒着港口，把盐味敷到坞边的杨树的叶片上。海是绿的，腥的。

一只不知名的大果子，有头颅那样大，正在腐烂。

贝壳在沙粒里逐渐变成石灰。

浪花的白沫上飞着一只鸟，仅仅一只，太阳落下去了。

黄昏的光映在多少人的额头上，在他们的额头上涂了一半金。

多少人逼向三角洲的尖端。又转身分散。

人看远处如烟。

自在烟里，看帆篷远去。

来了一船瓜，一船颜色和欲望。

一船是石头，比赛着棱角。也许——

一船鸟，一船百合花。

深巷卖杏花。骆驼。

骆驼的铃声在柳烟中摇荡。鸭子叫，一只通红的蜻蜓。

惨绿的雨前的磷火。

一城灯！（《复仇》）

这是什么？大概是意识流。

我的文艺思想后来有所发展。八十年代初，我宣布过“回到现实主义，回到民族传统”。但是立即补充了一句：“我所说的现实主义是能容纳各种流派的现实主义，我所说的民族传统是能吸收任何外来影响的民族传统。”

抗日战争时期。昆明小西门外。

米市，菜市，肉市。柴驮子，炭驮子。马粪。粗细瓷碗。砂锅铁锅。焖鸡米线，烧饵块。金钱片腿，牛干巴。炒菜的油烟，炸辣子的呛人的气味。红黄蓝白黑，酸甜苦辣咸。

每个人带着一生的历史，半个月的哀乐，在街上走。……（《钓人的孩子》）

这大概不能算是纯粹的民族传统。中国虽然也有“鸡声茅店月，人迹板桥霜”，有“古道西风瘦马，枯藤老树昏鸦”，但是堆砌了一连串的名词，无主语，无动词，是少见的。这也可以说是意识流。有人说这是意象主义，也可以吧。总之，这样的写法是外来的。

有一种说法：越是民族的，就越是世界的。这话我不知道是什么意思。如果说越写出民族的特点，就越有世界意义，可以同意。如果用来作为拒绝外来影响的借口，以为越土越好，越土越洋，我觉得这会害了自己，也害了别人。

我想对（外国文学评论）提几点看法。

希望能研究一下外国文学研究的最终目的是什么？我以为应该是推动、影响、刺激中国的当代创作。要考虑刊物的读者是什么人，我以为应是中国作家、中国的文学爱好者，当然，也包括中国的外国文学研究者。不要为了研究而研究，不要脱离中国文学的实际，要有的放矢，顾及社会的和文学界的效应。

评论要和鉴赏结合起来，要更多介绍一点外国作家和作品，不要空谈理论。现在发表的文章多是从理论到理论。评介外国的作家和作品，得是一个中国的研究者的带独创性的意见，不宜照搬外国人的意见。可以考虑开一个栏目：外国作家对中国作家的影响，比如魏尔伦之于艾青，T·S·艾略特、奥登之于九叶派诗人……这似乎有点跨进了比较文学的范围。但是我觉得一个外国文学研究者多多少少得是一个比较文学研究者，否则易于架空。

最后，希望文章不要全是理论语言，得有点文学语言。要有点幽默感。完全没有幽默感的文章是很烦人的。

谈风格

一个人的风格是和他的气质有关的。布封说过："风格即人。"中国也有"文如其人"的说法。人和人是不一样的。趋舍不同，静躁异趣。杜甫不能为李白的飘逸，李白也不能为杜甫的沉郁。苏东坡的词宜关西大汉执铁绰板唱"大江东去"，柳耆卿的词宜十三四女郎持红牙板唱"今宵酒醒何处，杨柳岸晓风残月"。中国的词可分为豪放与婉约两派。其他文体大体也可以这样划分。不知从什么时候起，因为什么，豪放派占了上风。茅盾同志曾经很感慨地说：现在很少人写婉约的文章了。"十年浩劫"，没有人提起风格这个词。我在"样板团"工作过。江青规定："要写'大江东去'，不要'小桥流水'！"我是个只会写"小桥流水"的人，也只好跟着唱了十年空空洞洞的豪言壮语。三中全会以后，我才又重新开始发表小说，我觉得我可以按照我自己的样子写小说了。三中全会以后，文艺形势空前大好的标志之一，是出现了很多不同风格的作品。这一点是"十七年"所不能比拟的。那时作品的风格比较单一。茅盾同志发出感慨，正是在这样的时候。一个人要使自己的作品有风格，要能认识自己、发现自己，并且，应该不客气地说，欣赏自己。"我与我周旋久，宁作我"。一个人很少愿意自己是另外一个人的。一个人不能说自己写得最好，老子天下第一。但是就这个题材，这样的写法，以我为最好，只有我能这样的写。我和我比，我第一！一个随人俯仰、毫无个性的人是不能成为一个作家的。

其次，要形成个人的风格，读和自己气质相近的书。也就是说，读自己喜欢的书，对自己口味的书。我不太主张一个作家有系统地读书。作家应该博学，一般的名著都应该看看。但是作家不是评论家，更不是文学史家。我们不能按照中外文学史循序渐进，一本一本地读那么多书，更不能按照文学史的定论客观地决定自己的爱恶。我主张抓到什么就读什么，读得下去就一连气读一阵，读不下去就抛在一边。屈原的代表作是《离骚》。我直到现在还是比较喜欢《九歌》。李、杜是大家，他们的诗我也读了一些，但是在大学的时候，我有一阵偏爱王维，后来又读了一阵温飞卿、李商隐。诗何必盛唐。我觉得龚自珍的态度很好："我论文章恕中晚，略工感慨是名家。"有一个人说得更为坦率："一种风情吾最爱，六朝人物晚唐诗。"有何不可。一个人的兴趣有时会随年龄、境遇发生变化。我在大学时很看不起元人小令，认为浅薄无聊。后来因为工作关系，读了一些，才发现其中的淋漓沉痛处。巴尔扎克很伟大，可是我就是不能用社会学的观点读他的《人间喜剧》。托尔斯泰的《战争与和平》，我是到近四十岁时，因为成了"右派"，才在劳动改造的过程中硬着头皮读完了的。孙犁同志说他喜欢屠格涅夫的长篇，不喜欢他的短篇；我则正好相反。我认为都可以。作家读书，允许有偏爱。作家所偏爱的作品往往会影响他的气质，成为他的个性的一部分。契诃夫说过：告诉我你读的是什么书，我就可知道你是一个怎样的人。作家读书，实际上是读另外一个自己所写的作品。法郎士在《生活文学》第一卷的序言里说过："为了真诚坦白，批评家应该说：先生们，关于莎士比亚，关于拉辛，我所讲的就是我自己。”作家更是这样。一个作家在谈论别的作家时，谈的常常是他自己。“六经注我”，中国的古人早就说过。

一个作家读很多书，但是真正影响到他的风格的，往往只有不多的作家，不多的作品。有人问我受哪些作家影响比较深，我想了想：古人里是归有光，中国现代作家是鲁迅、沈从文、废名，外国作家是契诃夫和阿左林。

我曾经在一次讲话中说到归有光善于以清淡的文笔写平常的人事。这个意思其实古人早就说过。黄梨洲《文案》卷三《张节母叶孺人墓志铭》云：

“予读震川文之为汝妇者，一往情深，每以一二细事见之，使人欲涕。盖古今来事无巨细，唯此可歌可泣之精神，长留天壤。”

姚鼐《与陈硕士》尺牍云：

“归震川能于不要紧之题，说不要紧之语，却自风韵疏淡，此乃是于太史公深有会处，此境又非石士所易到耳。”

王锡爵《归公墓志铭》说归文“无意于感人，而欢愉惨恻之思，溢于言表”。连被归有光诋为“庸妄巨子”的王世贞在晚年也说他“不事雕饰而自有风味”（《归太仆赞序》）。这些话都说得非常中肯。归有光的名文有《先妣事略》《项脊轩志》《寒花葬志》等篇。我受到影响的也只是这几篇。归有光在思想上是正统派，我对他的那些谈学论道的大文实在不感兴趣。我曾想：一个思想迂腐的正统派，怎么能写出那样富于人情味的优美的抒情散文呢？这问题我一直还没有想明白。归有光自称他的文章出于欧阳修。读《泷冈阡表》，可以知道《先妣事略》这样的文章的渊源。但是归有光比欧阳修写得更平易，更自然。他真是做到“无意为文”，写得像谈家常话似的。他的结构“随事曲折”，若无结构。他的语言更接近口语，叙述语言与人物语言衔接处若无痕迹。他的《项脊轩志》的结尾：

庭有枇杷树，吾妻死之年所手植也，今已亭亭如盖矣！

平淡中包含几许惨恻，悠然不尽，是中国古文里的一个有名的结尾。使我更为惊奇的是前面的：“吾妻归宁，述诸小妹语曰：‘闻姊家有阁子，且何谓阁子也？’”话没有说完，就写到这里。想来归有光的夫人还要向小妹解释何谓阁子的，然而，不写了。写出了，有何意味？写了半句，而闺阁姊妹之间闲话神情遂如画出。这种照生活那样去写生活，是很值得我们今天写小说时参考的。我觉得归有光是和现代创作方法最能相通，最有现代味儿的一位中国古代作家。我认为他的观察生活和表现生活的方法很有点像契诃夫。我曾说归有光是中国的契诃夫，并非怪论。

中国现代作家的作品我读得比较熟的是鲁迅。我在下放劳动期间曾发愿将鲁迅的小说和散文像金圣叹批《水浒》那样，逐句逐段地加以批注。搞了两篇，因故未竟其事。中国五十年代以前的短篇小说作家不受鲁迅的影响的，几乎没有。近年来研究鲁迅的谈鲁迅的思想的较多，谈艺术技巧的少。现在有些年轻人已经读不懂鲁迅的书，不知鲁迅的作品好在哪里了。看来宣传艺术家鲁迅，还是我们的责任。这一课必须补上。

我是沈从文先生的学生。

废名这个名字现在几乎没有人知道了。国内出版的中国现代文学史没有一本提到他。这实在是一个真正很有特点的作家。他在当时的读者就不是很多，但是他的作品曾经对相当多的三十年代、四十年代的青年作家，至少是北方的青年作家，产生过颇深的影响。这种影响现在看不到了，但是它并未消失。它像一股泉水，在地下流动着。也许有一天，会汩汩地流到地面上来的。他的作品不多，一共大概写了六本小说，都很薄。他后来受了佛教思想的影响，作品中有见道之言，很不好懂。《莫须有先生传》就有点令人莫名其妙，到了《莫须有先生坐飞机以后》就不知所云了。但是他早期的小说，《桥》《枣》《桃园》和《竹林的故事》，写得真是很美。他把晚唐诗的超越理性，直写感觉的象征手法移到小说里来了。他用写诗的办法写小说，他的小说实际上是诗。他的小说不注重写人物，也几乎没有故事。《竹林的故事》算是长篇，叫做“故事”，实无故事，只是几个孩子每天生活的记录。他不写故事，写意境。但是他的小说是感人的。使人得到一种不同寻常的感动。因为他对于小儿女是那样富于同情心。他用儿童一样明亮而敏感的眼睛观察周围世界，用儿童一样简单而准确的笔墨来记录。他的小说是天真的，具有天真的美。因为他善于捕捉儿童的飘忽不定的思想和情绪，他运用了意识流。他的意识流是从生活里发现的，不是从外国的理论或作品里搬来的。有人说他的小说很像弗·伍尔芙，他说他没有看过伍尔芙的作品。后来找来看看，自己也觉得果然很像。这是一个很有趣的现象。身在不同的国度，素无接触，为什么两个作家会找到同样的方法呢？因为他追随流动的意识，因此他的行文也和别人不一样。周作人曾说废名是一个讲究文章之美的小说家。又说他的行文好比一溪流水，遇到一片草叶，都要去抚摸一下，然后又汪汪地向前流去。这说得实在非常好。

我讲了半天废名，你也许会在心里说：你说的是你自己吧？我跟废名不一样（我们的世界观首先不同）。但是我确实受过他的影响，现在还能看得出来。

契诃夫开创了短篇小说的新纪元。他在世界范围内使“小说观”发生了很大的变化，从重情节、编故事发展为写生活，按照生活的样子写生活。从戏剧化的结构发展为散文化的结构。于是才有了真正的短篇小说，现代的短篇小说。托尔斯泰最初很看不惯契诃夫的小说。他说契诃夫是一个很怪的作家，他好像把文字随便地丢来丢去，就成了一篇小说了。托尔斯泰的话说得非常好。随便地把文字丢来丢去，这正是现代小说的特点。

“阿左林是古怪的”（这是他自己的一篇小品的题目）。他是一个沉思的、回忆的、静观的作家。他特别擅长于描写安静，描写在安静的回忆中的人物的心理的潜微的变化。他的小说的戏剧性是觉察不出来的戏剧性。他的“意识流”是明澈的，覆盖着清凉的阴影，不是芜杂的、纷乱的。热情的恬淡，入世的隐逸。阿左林笔下的西班牙是一个古旧的西班牙，真正的西班牙。

以上，我老实交待了我曾经接受过的影响，未必准确。至于这些影响怎样形成了我的风格（假如说我有自己的风格），那是说不清楚的。人是复杂的，不能用化学的定性分析方法分析清楚。但是研究一个作家的风格，研究一下他所曾接受的影响是有好处的。如果你想学习一个作家的风格，最好不要直接学习他本人，还是学习他所师承的前辈。你要认老师，还得先见见太老师。一祖三宗，渊源有自。这样才不至流于照猫画虎，邯郸学步。

一个作家形成自己的风格大体要经过三个阶段：一、摹仿；二、摆脱；三、自成一家。初学写作者，几乎无一例外，要经过摹仿的阶段。我年轻时写作学沈先生，连他的文白杂糅的语言也学。我的《汪曾祺短篇小说选》第一篇《复仇》，就有摹仿西方现代派的方法的痕迹。后来岁数大了一点，到了“而立之年”了吧，我就竭力想摆脱我所受的各种影响，尽量使自己的作品不同于别人。郭小川同志在“文化大革命”后期有一次碰到我，说：“你说过的一句话，我到现在还记得。”我问他是什么话，他说：“你说过：凡是别人那样写过的，我就绝不再那样写！”我想，是说过。那还是“反右”以前的事了。我现在不说这个话了。我现在岁数大了，已经无意于使自己的作品像谁，也无意使自己的作品不像谁了。别人是怎样写的，我已经模糊了，我只知道自己这样的写法，只会这样写了。我觉得怎样写合适，就怎样写。我现在看作品，已经很少从形成自己的风格这样的角度去看了。对于曾经影响过我的作家的作品，近几年我也很少再看。然而：

“菌子已经没有了，但是菌子的气味留在空气里。”

影响，是仍然存在的。一个人也不能老是一个风格，只有一种风格。风格，往往是因为所写的题材不同而有差异的。或庄，或谐；或比较抒情，或尖刻冷峻。但是又看得出还是一个人的手笔。一方面，文备众体；另一方面又自成一家。

我的创作生涯

我生在一个地主家庭。祖父是清朝末科的拔贡——从他那一科以后，就“废科举，改学堂”了。他对我比较喜欢。有一年暑假，他忽然高了兴，要亲自教我《论语》。我还在他手里“开”了“笔”，做过一些叫做“义”的文体的作文。“义”就是八股文的初步。我写的那些作文里有一篇我一直还记得：“孟子反不伐义”。孟子反随国君出战，兵败回城，他走在最后。事后别人给他摆功，他说：“非敢后也，马不前也。”为什么我对孟子反不伐其功留下深刻的印象呢？现在想起来，这一小段《论语》是一篇极短的小说：有人物，有情节，有对话。小说，或带有小说色彩的文章，是会给人留下深刻的印象的。并且，这篇极短的小说对我的品德的成长，是有影响的。小说，对人是有作用的。我在后面谈到文学功能的问题时还会提到。我的父亲是个很有艺术气质的人。他会画画，刻图章，拉胡琴，摆弄各种乐器，糊风筝。他糊的蜈蚣（我们那里叫做“百脚”）是用胡琴的老弦放的。用胡琴弦放风筝，我还没有见过第二人。如果说我对文学艺术有一点“灵气”，大概跟我从父亲那里接受来的遗传基因有点关系。我喜欢看我父亲画画。我喜欢“读”画帖。我家里有很多有正书局珂罗版影印的画帖，我就一本一本地反复地看。我从小喜欢石涛和恽南田，不喜欢仇十洲，也不喜欢王石谷。倪云林我当时还看不懂。我小时也“以画名”，一直想学画。高中毕业后，曾想投考当时在昆明的杭州美专。直到四十多岁，我还想彻底改行，到中央美术学院从头学画。我喜欢看画，对我的文学创作是有影响的。我把作画的手法融进了小说。有的评论家说我的小说有“画意”，这不是偶然的。我对画家的偏爱，也对我的文学创作有影响。我喜欢疏朗清淡的风格，不喜欢繁复浓重的风格，对画，对文学，都如此。

一个人成为作家，跟小时候所受的语文教育，跟所师事的语文教员很有关系。从小学五年级到初中三年级，教我们语文（当时叫做“国文”），都是高北溟先生。我有一篇小说《徙》，写的就是高先生。小说，当然会有虚构，但是基本上写的是高先生。高先生教国文，除了部定的课本外，自选讲义。我在《徙》里写他“所选的文章看来有一个标准：有感慨，有性情，平易自然。这些文章有一个贯串性的思想倾向，这种倾向大体上可以归结为：人道主义”，是不错的。他很喜欢归有光，给我们讲了《先妣事略》《项脊轩志》。我到现在还记得他讲到“世乃有无母之人，天乎痛哉”“庭有枇杷树，吾妻死之年所手植也，今已亭亭如盖矣”的时候充满感情的声调。有一年暑假，我每天上午到他家里学一篇古文，他给我讲的是“板桥家书”“板桥道情”。我的另一位国文老师是韦子廉先生。韦先生没有在学校里教过我。我的三姑父和他是朋友，一年暑假请他到家里来教我和我的一个表弟。韦先生是我们县里有名的书法家，写魏碑，他又是一个桐城派。韦先生让我每天写大字一页，写《多宝塔》。他教我们古文，全部是桐城派。我到现在还能背诵一些桐城派古文的片段。

印象最深的是姚鼐的《登泰山记》。“苍山负雪，明烛天南。望晚日照城郭，汶水、徂徕如画，而半山居雾若带然。”“苍山负雪，明烛天南”，我当时就觉得写得非常的美。这几十篇桐城派古文，给我的文章的洗炼，打下了比较坚实的基础。

一九三八年，我们一家避难在乡下，住在一个小庙，就是我的小说《受戒》所写的庵子里。除了准备考大学的数理化教科书外，所带的书只有两本，一本屠格涅夫的《猎人笔记》，一本《沈从文选集》，我就反反复复地看这两本书，这两本书对我后来的写作，影响极大。

一九三九年，我考入西南联大的中国文学系，成了沈从文先生的学生。沈先生在联大开了三门课，一门“各体文习作”是中文系二年级必修课；一门“创作实习”，一门“中国小说史”。沈先生是凤凰人，说话湘西口音很重，声音又小，简直听不清他说的是什么。他讲课可以说是毫无系统。没有课本，也不发讲义。只是每星期让学生写一篇习作，第二星期上课时就学生的习作讲一些有关的问题。《创作实习》由学生随便写什么都可以，《各体文习作》有时会出一点题目。我记得他给我的上一班出过一个题目：《我们的小庭院有什么》。有几个同学写的散文很不错，都由沈先生介绍在报刊上发表了。他给我的下一班出过一个题目，这题目有点怪：《记一间屋子的空气》。我那一班他出过什么题目，我倒记不得了。沈先生的这种办法是有道理的，他说：“先得学会车零件，然后才能学组装。”现在有些初学写作的大学生，一上来就写很长的大作品，结果是不吸引人，不耐读，原因就是“零件”车得少了，基本功不够。沈先生讲创作，讲得最多的一句话，是“要贴到人物写”。我们有的同学不懂这话是什么意思。照我的理解，他的意思是：小说里，人物是主要的、主导的；其余部分都是次要的、派生的。作者的感情要随时和人物贴得很紧，和人物同呼吸，共哀乐。不能离开人物，自己去抒情，发议论。作品里所写的景象，只是人物生活的环境。所写之景，既是作者眼中之景，也是人物眼中之景，是人物所能感受的，并且是浸透了他的哀乐的。环境，不能和人物游离，脱节。用沈先生的说法，是不能和人物“不相粘附”。他的这个意思，我后来把它称为“气氛即人物”。这句话有人觉得很怪，其实并不怪。作品的对话得是人物说得出的话，如李笠翁所说：“写一人即肖一人之口吻。”我们年轻时往往爱把对话写得很美、很深刻，有哲理、有诗意。我有一次写了这样一篇习作，沈先生说：“你这不是对话，是两个聪明脑壳打架。”对话写得越平常越简单，越好。托尔斯泰说过：“人是不能用警句交谈的。”如果有两个人在火车站上尽说警句，旁边的人大概会觉得这二位有神经病。沈先生这句简单的话，我以为是富有深刻的现实主义精神的。沈先生教写作，用笔的时候比用口的时候多。他常常在学生的习作后面写很长的读后感（有时比原作还长）。或谈这篇作品，或由此生发开去，谈有关的创作问题。这些读后感都写得很精彩，集中在一起，会是一本很漂亮的文论集。可惜一篇也没有保存下来，都失散了。沈先生教创作，还有一个独到的办法。看了学生的习作，找了一些中国和外国作家用类似的方法写成的作品，让学生看，看看人家是怎么写的，我记得我写过一篇《灯下》（这可能是我发表的第一篇小说），写一个小店铺在上灯以后各种人物的言谈行动，无主要人物、主要情节，散散漫漫，是所谓“散点透视”吧。沈先生就找了几篇这样写法的作品叫我看，包括他自己的《腐烂》。这样引导学生看作品，可以对比参照，触类旁通，是会收到很大效益，很实惠的。

创作能不能教，这是一个世界性的争论的问题。我以为创作不是绝对不能教，问题是谁来教，用什么方法教。教创作的，最好本人是作家。教，不是主要靠老师讲，单是讲一些概论性的空道理，大概不行。主要是让学生去实践，去写，自己去体会。沈先生把他的课程叫做“习作”“实习”，是有道理的。沈先生教创作的方法，我以为不失为一个较好的方法。

我二十岁开始发表作品，今年七十岁了，写作生涯整整经过了半个世纪。但是写作的数量很少。我的写作中断了几次。有人说我的写作经过了一个三级跳，可以这样说。四十年代写了一些。六十年代初写了一些。当中“文化大革命”，搞了十年“样板戏”。八十年代后小说、散文写得比较多。有一个朋友的女儿开玩笑说“汪伯伯是大器晚成”。我绝非“大器”——我从不写大作品，“晚成”倒是真的。文学史上像这样的例子不是很多。不少人到六十岁就封笔了，我却又重新开始了。是什么原因，这里不去说它。

有一位评论家说我是唯美的作家。“唯美”本不是属于“坏话类”的词，但在中国的名声却不大好。这位评论家的意思无非是说我缺乏社会责任感、使命感，我的作品没有强烈的现实意义和教育作用。我于此别有说焉。教育作用有多种层次。有的是直接的。比如看了《白毛女》，义愤填膺，当场报名参军打鬼子。也有的是比较间接的。一个作品写得比较生动，总会对读者的思想感情、品德情操产生这样那样的作用。比如读了孟子反不伐，我不会立刻变得谦虚起来，但总会觉得这是高尚的。作品对读者的影响常常是潜在的，过程很复杂，是所谓“潜移默化”。正如杜甫诗《春雨》中所说：“随风潜入夜，润物细无声。”我曾经说过，我希望我的作品能有益于世道人心，我希望使人的感情得到滋润，让人觉得生活是美好的，人，是美的，有诗意的。你很辛苦，很累了，那么坐下来歇一会，喝一杯不凉不烫的清茶——读一点我的作品。我对生活，基本上是一个乐观主义者，我认为人类是有前途的，中国是会好起来的。我愿意把这些朴素的信念传达给人。我没有那么多失落感、孤独感、荒谬感、绝望感。我写不出卡夫卡的《变形记》那样痛苦的作品，我认为中国也不具备产生那样的作品的条件。

一个当代作家的思想总会跟传统文化、传统思想有些血缘关系。但是作家的思想是一个复合体，不会专宗那一种传统思想。一个人如果相信禅宗佛学，那他就出家当和尚去得了，不必当作家。废名晚年就是信佛的，虽然他没有出家。有人说我受了老庄思想的影响，可能有一些。我年轻时很爱读《庄子》。但是我自己觉得，我还是受儒家思想影响比较大一些。我觉得孔子是个通人情，有性格的人，他是个诗人。我不明白，为什么研究孔子思想的人，不把他和“删诗”联系起来。他编选了一本抒情诗的总集——《诗经》，为什么？我很喜欢《论语》中的《子路曾皙冉有公西华侍坐》，“暮春者，春服即成，冠者五六人、童子六七人，浴乎沂，风乎舞雩，泳而归”，曾点的这种潇洒自然的生活态度是很美的。这倒有点近乎庄子的思想。我很喜欢宋儒的一些诗：“万物静观皆自得，四时佳兴与人同”；“顿觉眼前生意满，须知世上苦人多”。“生意满”，故可欣喜，“苦人多”，应该同情。我的小说所写的都是一些小人物、“小儿女”，我对他们充满了温爱，充满了同情。我曾戏称自己是一个“中国式的抒情人道主义者”，大致差不离。

前几年，北京市作协举行了一次我的作品的讨论会，我在会上作了一个简短的发言，题目是“回到现实主义，回到民族传统”。为什么说“回到”呢？因为我在年轻时曾经受过西方现代派的影响。台湾一家杂志在转载我的小说的前言中，说我是中国最早使用意识流的作家。不是这样。在我以前，废名、林徽因都曾用过意识流方法写过小说。不过我在二十多岁时的确有意识地运用了意识流。我的小说集第一篇《复仇》和台湾出版的《茱萸集》的第一篇《小学校的钟声》，都可以看出明显的意识流的痕迹。后来为什么改变原先的写法呢？有社会的原因，也有我自己的原因。简单地说：我是一个中国人。我觉得一个民族和另一个民族无论如何不会是一回事。中国人学习西方文学，绝不会像西方文学一样，除非你侨居外国多年，用外国话思维。我写的是中国事，用的是中国话，就不能不接受中国传统，同时也就不能不带有现实主义色彩。语言，是民族传统的最根本的东西。不精通本民族的语言，就写不出具有鲜明的民族特点的文学。但是我所说的民族传统是不排除任何外来影响的传统，我所说的现实主义是能容纳各种流派的现实主义。比如现代派、意识流，本身并不是坏东西。我后来不是完全排除了这些东西。我写的小说《求雨》，写望儿的父母盼雨。他们的眼睛是蓝的，求雨的望儿的眼睛是蓝的，看着求雨的孩子的过路人的眼睛也是蓝的，这就有点现代派的味道。《大淖记事》写巧云被奸污后错错落落、飘飘忽忽的思想，也还是意识流。不过，我把这些融入了平常的叙述语言之中了，不使它显得“硌生”。我主张纳外来于传统，融奇崛于平淡，以俗为雅，以故为新。

关于写作艺术，今天不想多谈，我也还没有认真想过，只谈一点：我非常重视语言，也许我把语言的重要性推到了极致。我认为语言不只是形式，本身便是内容。语言和思想是同时存在，不可剥离的。语言不仅是所谓“载体”，它是作品的本体。一篇作品的每一句话，都浸透了作者的思想感情。我曾经说过一句话：写小说就是写语言。语言是一种文化现象。谁也没有创造过一句全新的语言。古人说：无一字无来历。我们的语言都是有来历的，都是从前人的语言里继承下来，或经过脱胎、翻改。语言的后面都有文化的积淀。一个人的文化修养越高，他的语言所传达的信息就会更多。毛主席写给柳亚子的诗“落花时节读华章”，“落花时节”不只是落花的时节，这是从杜甫《江南逢李龟年》里化用出来的。杜甫的原诗是：

岐王宅里寻常见，崔九堂前几度闻。

正是江南好风景，落花时节又逢君。

“落花时节”就包含了久别重逢的意思。语言要有暗示性，就是要使读者感受到字面上所没有写出来的东西，即所谓言外之意，弦外之音。朱庆余的《近试上张水部》，写的是一个新嫁娘：

洞房昨夜停红烛，待晓窗前拜舅姑。

妆罢低声问夫婿，画眉深浅入时无？

诗里并没有写出这个新嫁娘长得怎么样，但是宋人诗话里就指出，这一定是一个绝色的美女。因为字里行间已经暗示出来了。语言要能引起人的联想，可以让人想见出许多东西。因此，不要把可以不写的东西都写出来，那样读者就没有想象余地了。

语言是流动的。

有一位评论家说：汪曾祺的语言很怪，拆开来没有什么，放在一起，就有点味道。我想谁的语言都是这样，每一句都是平常普通的话，问题就在“放在一起”，语言的美不在每一个字，每一句，而在字与字之间，句与句之间的关系。包世臣论王羲之的字，说他的字单看一个一个的字，并不觉得怎么美，甚至不很平整，但是字的各部分，字与字之间“如老翁携带幼孙，顾盼有情，痛痒相关”。文学语言也是这样，句与句，要互相映带，互相顾盼。一篇作品的语言是有一个整体，是有内在联系的。文学语言不是像砌墙一样，一块砖一块砖叠在一起，而是像树一样，长在一起的，枝干之间，汁液流转，一枝动，百枝摇。语言是活的。中国人喜欢用流水比喻行文，苏东坡说“大略如行云流水”“吾文如万斛泉源”。说一个人的文章写得很顺，不疙里疙瘩的，叫做“流畅”。写一个作品最好全篇想好，至少把每一段想好，不要写一句想一句。那样文气不容易贯通，不会流畅。

《边城》是沈从文先生所写的唯一的一个中篇小说。说是中篇小说，是因为篇幅比较长，约有六万多字；还因它有一个有头有尾的故事——沈先生的短篇小说有好些是没有什么故事的，如《牛》《三三》《八骏图》……都只是通过一点点小事，写人的感情、感觉、情绪。

《边城》的故事其实也很简单：茶峒山城一里外有一小溪，溪边有一弄渡船的老人。老人的女儿和一个兵有了私情，和那个兵一同死了，留下一个孤雏，名叫翠翠，老船夫和外孙女相依为命地生活着。茶峒城里有个在水码头上掌事的龙头大哥顺顺，顺顺有两个儿子，天保和傩送，两兄弟都爱上翠翠。翠翠爱二老傩送，不爱大老天保。大老天保在失望之下驾船往下游去，失事淹死；傩送因为哥哥的死在心里结了一个难解疙瘩，也驾船出外了。雷雨之夜，渡船老人死了，剩下翠翠一个人。傩送对翠翠的感情没有变，但是他一直没有回来。

就这样一个简单的故事，却写出了几个活生生的人物，写了一首将近七万字的长诗！

因为故事写得很美，写得真实，有人就认为真有那么一回事。有的华侨青年，读了《边城》，回国来很想到茶峒去看看，看看那个溪水、白塔、渡船，看看渡船老人的坟，看看翠翠曾在哪里吹竹管……

大概是看不到的。这故事是沈从文编出来的。

有没有一个翠翠?

有的。可她不是在茶峒的碧溪岨，是泸西县一个绒线铺的女孩子。

《湘行散记》里说:

“……在十三个伙伴中我有两个极好的朋友。……其次是那个年纪顶轻的，名字就叫‘傩右’。一个成衣人的独生子，为人伶俐勇敢，希有少见。……这小孩子年纪虽小，心可不小！同我们到县城街转了三次，就看中一个绒线铺的女孩子，问我借钱向那女孩子买了三次白棉线草鞋带子……那女孩子名叫‘翠翠’，我写《边城》故事时，弄渡船的外孙女，明慧温柔的品性，就从那绒线铺小女孩脱胎出来。”

她是泸西县的么？也不是。她是山东崂山的。

看了《湘行散记》，我很怕上了《灯》里那个青衣女子同样的当，把沈先生编的故事信以为真，特地上他家去核对一回，问他翠翠是不是绒线铺的女孩子。他的回答是:

“我们（他和夫人张兆和）上崂山去，在汽车里看到出殡的，一个女孩子打着幡。我说：这个我可以帮你写个小说。”

幸亏他夫人补充了一句：“翠翠的性格、形象，是绒线铺那个女孩子。”

沈先生还说：“我平生只看过那么一条渡船，在棉花坡。”那么，碧溪的渡船是从棉花坡移过来的。棉花坡离碧溪岨不远，但总还有一个距离。

读到这里，你会立刻想起鲁迅所说的“脸在哪里，衣服在哪里”的那段有名的话。是的，作家酝酿人物形象和故事情节是一个很复杂的过程。一九五七年，沈先生曾经跟我说过："我们过去写小说都是真真假假的，哪有现在这样都是真事的呢。"有一个诗人很欣赏"真真假假"这句话，说是这说明了创作的规律，也说明了什么是浪漫主义。翠翠、《边城》，都是想象出来的。然而必须有丰富的生活经验，积累了众多的印象，并加上作者的思想、感情和才能，才有可能想象得真实，以至把创作变得好像是报导。

沈从文善于写中国农村的少女。沈先生笔下的湘西少女不是一个，而是一串。

三三、天天、翠翠，她们是那样的相似，又是那样的不同。她们都很爱娇，但是各因身世不同，娇得不一样。三三生在小溪边的碾坊里，父亲早死，跟着母亲长大，除了碾坊小溪，足迹所到最远处只是在堡子里的总爷家。她虽然已经开始有了一个少女对于"人生"朦朦胧胧的神往，但究竟是个孩子，浑不解事，娇得有点痴。天天是个有钱的桔子园主人的幺姑娘，一家子都宠着她。她已经订了婚，未婚夫是个在城里读书的学生。她可以背了一个特别精致的背篓，到集市上去采购她所中意的东西，找高手银匠洗她的粗如手指的银链子。她能和地方上的小军官从容说话。她是个"黑里俏"，性格明朗豁达，口角伶俐。她很娇，娇中带点野。翠翠是个无父无母的孤雏，她也娇，但是娇得乖极了。

用文笔描绘少女的外形，是笨人干的事。沈从文画少女，主要是画她的神情，并把她安置在一个颜色美丽的背景上，一些动人的声音当中。

……为了住处两山多篁竹，翠色逼人而来，老船夫随便给这个可怜的孤雏拾取了一个近身的名字，叫作翠翠。

翠翠在风日里长养着，故把皮肤变得黑黑的，触目为青山绿水，故眸子清明如水晶。自然既长养她且教育她，为人天真活泼，处处俨然如一只小兽物。人又那么乖，如山头黄麂一样，从不想到残忍事情，从不发愁，从不动气。平时在渡船上遇陌生人对她有所注意时，便把光光的眼睛瞅着那陌生人，做成随时都可举步逃入深山的神气，但明白了面前的人无机心后，就又从从容容地在水边玩耍了。

……

风日清和的天气，无人过渡，镇日长闲，祖父同翠翠便坐在门前大岩石上晒太阳。或把一段木头从高处向水中抛去，嗾使身边黄狗从岩石高处跃下，把木头衔回来。或翠翠与黄狗皆张着耳朵，听祖父说些城中多年以前的战争故事。或祖父同翠翠两人，各把小竹作成的竖笛，逗在嘴边吹着迎亲送女的曲子。过渡人来了，老船夫放下了竹管，独自跟到船边去，横溪渡人，在岩上的一个，见船开动时，于是锐声喊着：

“爷爷，爷爷，你听我吹——你唱！”

爷爷到溪中央便很快乐地唱起来，哑哑的声音同竹管声，振荡在寂静的空气里，溪中仿佛也热闹了些。实则歌声的来复，反而使一切更加寂静。

篁竹、山水、笛声，都是翠翠的一部分。它们共同在你们心里造成这女孩子美的印象。

翠翠的美，美在她的性格。

《边城》是写爱情的，写中国农村的爱情，写一个刚刚进入青春期的农村女孩子的爱情。这种爱是那样的纯粹，那样不俗，那样像空气里小花、青草的香气，像风送来的小溪流水的声音，若有若无，不可捉摸，然而又是那样的实实在在，那样的真。这样的爱情叫人想起古人说得很好，但不大为人所理解的一句话：思无邪。

沈从文的小说往往是用季节的颜色、声音来计算时间的。

翠翠的爱情的发展是跟几个端午节联在一起的。

翠翠十五岁了。

端午节又快到了。

传来了龙船下水预习的鼓声。

砰砰鼓声掠水越山到了渡船头那里时，最先注意到的是那只黄狗。那黄狗汪汪地吠着，受了惊似的绕屋乱走；有人过渡时，便随船渡过东岸去，且跑到那小山头向城里一方面大吠。

翠翠正坐在门外大石上用棕叶编蚱蜢、蜈蚣玩，见黄狗先在太阳下睡着，忽然醒来便发疯似的乱跑，过了河又回来，就问它骂它：

“狗，狗，你做什么！不许这样子！”

可是一会儿，那声音被她发现了，她于是也绕屋跑着，且同黄狗一块儿渡过了小溪，站在小山头听了许久，让那点迷人的鼓声，把自己带到一个过去的节日里去。

两年前的一个节日。

作者这里用了倒叙。

两年前，翠翠才十三岁。

这一年的端午，翠翠是难忘的。因为她遇见了傩送。

翠翠还不大懂事。她和爷爷一同到茶峒城里去看龙船，爷爷走开了，天快黑了，看龙船的人都回家了，翠翠一个人等爷爷，傩送见了她，把她还当一个孩子，很关心地对她说了几句话，翠翠还误会了，骂了人家一句："你个悖时砍脑壳的！"及至傩送好心派人打火把送她回去，她才知道刚才那人就是出名的傩送二老，"想起自己先前骂人那句话，心里又吃惊又害羞，再也不说什么，默默地随了那火把走去。"到了家，"但另一件事，属于自己不关祖父的，却使翠翠沉默了一个夜晚"。这写得非常含蓄。

翠翠过了两个中秋，两个新年，但"总不如那个端午所经过的事情甜而美"。

十五岁的端午不是翠翠所要的那个端午。"从祖父与那长年谈话里，翠翠听明白了二老是在下游六百里外青浪滩过端午的。"未及见二老，倒见到大老天保。大老还送他们一只鸭子。回家时，祖父说："顺顺真是个好人，大方得很。大老也很好。这一家人都好！"翠翠说："一家人都好，你认识他们一家人吗？"祖父不明白这句话的意思所在，聪明的读者是明白的。路上祖父说了假如大老请人来做媒的笑话，"翠翠着了恼，把火炬向路两旁乱晃着，向前怏怏的走去了"。

“翠翠，莫闹，我摔到河里去，鸭子会走脱的！”

“谁也不稀罕那只鸭子！”

翠翠向前走去，忽然停住了发问：

“爷爷，你的船是不是正在下青浪滩呢？”

这一句没头没脑的问话，说出了这女孩子的心正在飞向什么所在。

端午又来了。翠翠长大了，十六了。

翠翠和爷爷到城里看龙船。

未走之前，先有许多曲折。祖父和翠翠在三天前业已预先约好，祖父守船，翠翠同黄狗过顺顺吊脚楼去看热闹。翠翠先不答应，后来答应了。但过了一天，翠翠又翻悔，以为要看两人去看，要守船两人守船。初五大早，祖父上城买办过节的东西。翠翠独自在家，看看过渡的女孩子，唱唱歌，心上浸入了一丝儿凄凉。远处鼓声起来了，她知道绘有朱红长线的龙船这时节已下河了。细雨下个不止，溪面一片烟。将近吃早饭时节，祖父回来了，办了节货，却因为到处请人喝酒，被顺顺把个酒葫芦扣下了。正像翠翠所预料的那样，酒葫芦有人送回来了。送葫芦回来的是二老。二老向翠翠说：“翠翠，吃了饭，和你爷爷到我家吊脚楼上去看划船吧？”翠翠不明白这陌生人的好意，不懂得为什么一定要到他家中去看船，抿着小嘴笑笑。到了那里，祖父离开去看一个水碾子。翠翠看见二老头上包着红布，在龙船上指挥，心中便印着两年前的旧事。黄狗不见了，翠翠便离了座位，各处去寻她的黄狗。在人丛中却听到两个不相干的妇人谈话。谈的是寨子上王乡绅想把女儿嫁给二老，用水碾子作陪嫁。二老喜欢一个撑渡船的。翠翠脸发火烧。二老船过吊脚楼，失足落水，爬起来上岸，一见翠翠就说："翠翠，你来了，爷爷也来了吗？"翠翠脸还发烧，不便作声，心想："黄狗跑到什么地方去了呢？"二老又说："怎不到我家楼上去看呢？我已经要人替你弄了个好位子。"翠翠心想："碾坊陪嫁，稀奇事情咧。"翠翠到河下时，小小心腔中充满一种说不分明的东西。翠翠锐声叫黄狗，黄狗扑下水中，向翠翠方面泅来。到身边时，身上全是水。翠翠说："得了，狗，装什么疯！你又不翻船，谁要你落水呢？"爷爷来了，说了点疯话。爷爷说："二老捉得鸭子，一定又会送给我们的。"话不及说完，二老来了，站在翠翠面前微微笑着。翠翠也不由不抿着嘴微笑着。

顺顺派媒人来为大老天保提亲。祖父说得问问翠翠。祖父叫翠翠，翠翠拿了一簸箕豌豆上了船。"翠翠，翠翠，先前那个人来做什么，你知道不知道？"翠翠说："我不知道。"说后脸同脖颈全红了。翠翠弄明白了，人来做媒的是大老！不曾把头抬起，心忡忡地跳着，脸烧得厉害，仍然剥她的豌豆，且随手把空豆荚抛到水中去，望着它们在流水中从从容容流去，自己也俨然从容了许多。又一次，祖父说了个笑话，说大老请保山来提亲，翠翠那神气不愿意；假若那个人还有个兄弟，想来为翠翠唱歌，攀交情，翠翠将怎么说。翠翠吃了一惊，勉强笑着，轻轻地带点恳求的神气说："爷爷，莫说这个笑话吧。"翠翠说："看天上的月亮，那么大！"说着出了屋外，便在那一派清光的露天中站定。

有个女同志，过去很少看过沈从文的小说，看了《边城》提出了一个问题："他怎么能把女孩子的心捉摸得那么透，把一些细微曲折的地方都写出来了？这些东西我们都是有过的——沈从文是个男的。”我想了想，只好说：“曹雪芹也是个男的。”

沈先生在给我们上创作课的时候，经常说的一句话，是：“要贴到人物来写。”他还说：“要滚到里面去写。”他的话不太好懂。他的意思是说：笔要紧紧地靠近人物的感情、情绪，不要游离开，不要置身在人物之外。要和人物同呼吸，共哀乐，拿起笔来以后，要随时和人物生活在一起，除了人物，什么都不想，用志不纷，一心一意。

首先要有一颗仁者之心，爱人物，爱这些女孩子，才能体会到她们的许多飘飘忽忽的，跳动的心事。

祖父也写得很好。这是一个古朴、正直、本分、尽职的老人。某些地方，特别是为孙女的事进行打听、试探的时候，又有几分狡猾，狡猾中仍带着妩媚。主要的还是写了老人对这个孤雏的怜爱，一颗随时为翠翠而跳动的心。

黄狗也写得很好。这条狗是这一家的成员之一，它参与了他们的全部生活，全部的命运。一条懂事的、通人性的狗。——沈从文非常善于写动物，写牛、写小猪、写鸡，写这些农村中常见的，和人一同生活的动物。

大老、二老、顺顺都是侧面写的，笔墨不多，也都给人留下颇深的印象。包括那个杨马兵、毛伙，一个是一个。

沈从文不是一个雕塑家，他是一个画家。一个风景画的大师。他画的不是油画，是中国的彩墨画，笔致疏朗，着色明丽。

沈先生的小说中有很多篇描写湘西风景的，各不相同。《边城》写酉水：

那条河水便是历史上知名的酉水，新名字叫做白河。白河到辰州与沅水汇流后，便略显浑浊，有出山泉水的意思。若溯流而上，则三丈五丈的深潭皆清澈见底。深潭中为白日所映照，河底小小白石子，有花纹的玛瑙石子，全看得明明白白。水中游鱼来去，皆如浮在空气里。两岸多高山，山中多可以造纸的细竹，长年作深翠颜色，逼人眼目。近水人家多在桃杏花里。春天时只需注意，凡有桃花处必有人家，凡有人家处必可沽酒。夏天则晾晒在日光下耀目的紫花布衣裤，可以作为人家所在的旗帜。秋冬来时，人家房屋在悬岩上的、滨水的，无不朗然入目。黄泥的墙，乌黑的瓦，位置却永远那么妥贴，且与四围环境极其调和，使人迎面得到的印象，实在非常愉快。

描写风景，是中国文学的一个悠久传统。晋宋时期形成山水诗。吴均的《与朱元思书》是写江南风景的名著。柳宗元的《永州八记》，苏东坡、王安石的许多游记，明代的袁氏兄弟、张岱，这些写风景的高手，都是会对沈先生有启发的。就中沈先生最为钦佩的，据我所知，是郦道元的《水经注》。

古人的记叙虽可资借鉴，主要还得靠本人亲自去感受，养成对于形体、颜色、声音，乃至气味的敏感，并有一种特殊的记忆力，能把各种印象保存在记忆里，要用时即可移到纸上。沈先生从小就爱各处去看、去听、去闻嗅。“我的心总得为一种新鲜声音、新鲜颜色、新鲜气味而跳。”（《从文自传》）

雨后放晴的天气，日头炙到人肩上背上已有了点力量。溪边芦苇水杨柳，菜园中菜蔬，莫不繁荣滋茂，带着一分有野性的生气。草丛里绿色蚱蜢各处飞着，翅膀搏动空气时皆窸窸作声。枝头新蝉声音虽不成腔却已渐渐宏大。两山深翠逼人的竹篁中，有黄鸟与竹雀杜鹃交递鸣叫。翠翠感觉着，望着，听着，同时也思索着……

这是夏季的白天。

月光如银子，无处不可照及，山上篁竹在月光下皆成为黑色。身边草丛中虫声繁密如落雨。间或不知道从什么地方，忽然会有一只草莺“嗒嗒嗒嗒嘘！”啭着它的喉咙，不久之间，这小鸟儿又好像明白这是半夜，不应当那么吵闹，便仍然闭着那小小眼儿安睡了。

这是夏天的夜。

小饭店门前长案上，常有煎得焦黄的鲤鱼豆腐，身上装饰了红辣椒丝，卧在浅口钵头里。钵旁大竹筒中插着大把朱红筷子……

这是多么热烈的颜色！

到了卖杂货的铺子里，有大把的粉条，大缸的白糖，有炮仗，有红蜡烛，莫不给翠翠一种很深的印象，回到祖父身边，总把这些东西说个半天。

粉条、白糖、炮仗、蜡烛，这都是极其常见的东西，然而它们配搭在一起，是一幅对比鲜明的画。

天已快夜，别的雀子似乎都要休息了，只杜鹃叫个不息。石头泥土为白日晒了一整天，草木为白日晒了一整天，到这时节皆放散一种热气。空气中有泥土气味，有草木气味，且有甲虫类气味。翠翠看着天上的红云，听着渡口飘来外乡生意人的杂乱声音，心中有些儿薄薄的凄凉。

甲虫气味大概还没有哪个诗人在作品里描写过！

曾经有人说沈从文是个文体家。

沈先生曾有意识地试验过各种文体。《月下小景》叙事重复铺张，有意模仿六朝翻译的佛经，语言也多四字为句，近似偈语。《神巫之爱》的对话让人想起《圣经》的《雅歌》和萨孚的情诗。他还曾用骈文写过一个故事。其他小说中也常有骈偶的句子，如“凡有桃花处必有人家，凡有人家处必可沽酒”“地方像茶馆却不卖茶，不是烟馆却可以抽烟”。但是通常所用的是他的“沈从文体”。这种“沈从文体”用它自己的话，就是“充满泥土气息”和“文白杂糅”。他的语言有一些是湘西话，还有他个人的口头语，如“即刻”“照例”之类。他的语言里有相当多的文言成分——文言的词汇和文言的句法。问题是他把家乡话与普通话、文言和口语配置在一起，十分调和，毫不“格生”，这样就形成了沈从文自己的特殊文体。他的语言是从多方面吸取的。间或有一些当时的作家都难免的欧化的句子，如“……的我”，但极少。大部分语言是具有民族特点的。就中写人叙事简洁处，受《史记》《世说新语》的影响不少。他的语言是朴实的，朴实而有情致；流畅的，流畅而清晰。这种朴实，来自于雕琢；这种流畅，来自于推敲。他很注意语言的节奏感，注意色彩，也注意声音。他从来不用生造的、谁也不懂的形容词之类，用的是人人能懂的普通词汇。但是常能对于普通词汇赋予新的意义。比如《边城》里两次写翠翠拉船，所用字眼不同。一次是：

> 有时过渡的是从川东过茶峒的小牛，是羊群，是新娘子的花轿，翠翠必争着做渡船夫，站在船头，懒懒地攀引缆索，让船缓缓地过去。

又一次是：

> 翠翠斜睨了客人一眼，见客人正盯着她，便把脸背过去，抿着嘴儿，很自负地拉着那条横缆。

“懒懒地”“很自负地”都是很平常的字眼，但是没有人这样用过，用在这里，就成了未经人道语了。尤其是“很自负地”，你要知道，这“客人”不是别个，是傩送二老呀，于是“很自负地”，就有了很多很深的意思。这个词用在这里真是最准确不过了！

沈先生对我们说过语言的唯一标准是准确（契诃夫也说过类似的意思）。所谓“准确”，就是要去找，去选择，去比较。也许你相信这是“妙手偶得之”，但是我更相信这是“众里寻他千百度，蓦然回首，那人正在灯火阑珊处”。

《边城》不到七万字，可是整整写了半年。这不是得来全不费功夫。沈先生常说：人做事要耐烦。沈从文很会写对话。他的对话都没有什么深文大义，也不追求所谓“性格化的语言”，只是极普通的说话，然而写得如闻其声，如见其人。比如端午之前，翠翠和祖父商量谁去看龙船：

> 见祖父不再说话，翠翠就说：“我走了，谁陪你？”
>
> 祖父说：“你走了，船陪我。”
>
> 翠翠把一对眉毛皱拢去苦笑着，“船陪你，嘿，嘿，船陪你。”

爷爷，你真是，只有这只宝贝船！比如黄昏来时，翠翠心中无端地有些薄薄的凄凉，一个人胡思乱想，想到自己下桃源县过洞庭湖，爷爷要拿把刀放在包袱里，搭下水船去杀了她！她被自己的胡想吓怕起来了。心直跳，就锐声喊她的祖父：

> “爷爷，爷爷，你把船拉回来呀！”

请求了祖父两次，祖父还不回来。她又叫：

“爷爷，为什么不上来？我要你！”

有人说沈从文的小说不讲结构。

沈先生的某些早期小说诚然有失之散漫冗长的。《惠明》就相当散，最散的大概要算《泥涂》。但是后来的大部分小说是很讲结构的。他说他有些小说是为了教学需要而写的，为了给学生示范，“用不同方法处理不同问题”。这“不同方法”包括或极少用对话，或全篇都用对话（如《若墨医生》）等等，也指不同的结构方法。他常把他的小说改来改去，改的也往往是结构。他曾经干过一件事，把写好的小说剪成一条一条的，重新拼合，看看什么样的结构最好。他不大用“结构”这个词，常用的是“组织”“安排”，怎样把材料组织好，位置安排得更妥贴。他对结构的要求是：“匀称”。这是比表面的整齐更为内在的东西。一个作家在写一局部时要顾及整体，随时意识到这种匀称感。正如一棵树，一个枝子，一片叶子，这样长，那样长，都是必需的，有道理的。否则就如一束绢花，虽有颜色，终少生气。《边城》的结构是很讲究的，是完美地实现了沈先生所要求的匀称的，不长不短，恰到好处，不能增减一分。

有人说《边城》像一个长卷。其实像一套二十一开的册页，每一节都自成首尾，而又一气贯注。——更像长卷的是《长河》。

沈先生很注意开头，尤其注意结尾。

他的小说的开头是各式各样的。

《边城》的开头取了讲故事的方式：

> 由四川过湖南去，靠东有一条官路，这官路将近湘西边境到了一个地方名为“茶峒”的小山城时，有一小溪，溪边有座白色小塔，塔下住了一户单独的人家。这人家只一个老人，一个女孩子，一只黄狗。

这样的开头很朴素，很平易亲切，而且一下子就带起全文牧歌一样的意境。

汤显祖评董解元《西厢记》，论及戏曲的收尾，说“尾”有两种，一种是“度尾”，一种是“煞尾”。“度尾”如画舫笙歌，从远地来，过近地，又向远地去；“煞尾”如骏马收缰，忽然停住，寸步不移，他说得很好。收尾不外这两种。《边城》各章的收尾，两种兼见。

> 翠翠正坐在门外大石上用棕叶编蚱蜢、蜈蚣玩，见黄狗先在太阳下睡着，忽然醒来便发疯似的乱跑，过了河又回来，就问它骂它：
>
> “狗，狗，你做什么！不许这样子！”
>
> 可是一会儿，那声音被她发现了，她于是也绕屋跑着，且同黄狗一块儿渡过了小溪，站在小山头听了许久，让那点迷人的鼓声，把自己带到一个过去的节日里去。

这是“度尾”。

……翠翠感觉着，望着，听着，同时也思索着：

“爷爷今年七十岁……三年六个月的歌——谁送那只白鸭子呢？……得碾子的好运气，碾子得谁更是好运气？……”

痴着，忽地站起，半簸箕豌豆便倾倒到水中去了。伸手把那簸箕从水中捞起时，隔溪有人喊过渡。

这是“煞尾”。

全文的最后，更是一个精彩的结尾：

到了冬天，那个圮坍了的白塔，又重新修好了。那个在月下唱歌，使翠翠在睡梦里为歌声把灵魂轻轻浮起的青年人还不曾回到茶峒来。

这个人也许永远不回来了，也许明天回来。

七万字一齐收在这一句话上。故事完了，读者还要想半天。你会随小说里的人物对远人作无边的思念，随她一同盼望着，热情而迫切。

我有一次在沈先生家谈起他的小说的结尾都很好，他笑眯眯地说：“我很会结尾。”

三十年来，作为作家的沈从文很少被人提起（这些年他以一个文物专家的资格在文化界占一席位），不过也还有少数人在读他的小说。有一个很有才华的小说家对沈先生的小说存着偏爱。他今年春节，温读了沈先生的小说，一边思索着一个问题：什么是艺术生命？

他的意思是说：为什么沈先生的作品现在还有蓬勃的生命？我对这个问题也想了几天，最后还是从沈先生的小说里找到了答案，那就是《长河》里的天天所说的："好看的应该长远存在。"

现在，似乎沈先生的小说又受到了重视。出版社要出版沈先生的选集，不止一个大学的文学系开始研究沈从文了。这是好事。这是"百花齐放"的一种体现。这对推动创作的繁荣是有好处的。我想。

传神

看过一则杂记，唐朝有两个大画家，一个好像是韩干，另外一个我忘了，二人齐名，难分高下。有一次，皇帝——应该是玄宗了——命令他们俩同时给一个皇子画像。画成了，皇帝拿到宫里请皇后看，问哪一张画得像。皇后说："都像。这一张更像。——那一张只画出皇子的外貌，这一张画出了皇子的潇洒从容的神情。"于是二人之优劣遂定。哪一张更像呢？好像是韩干以外的那一位的一张。这个故事，对于写小说是很有启发的。

小说是写人的。写人，有时免不了要给人物画像。但是写小说不比画画，用语言文字描绘人物的形貌，不如用线条颜色表现得那样真切。十九世纪的小说流行摹写人物的肖像，写得很细致，但是不易使读者留下深刻的印象。但是用语言文字捕捉人物的神情——传神，是比较容易办到的，有时能比用颜色线条表现得更鲜明。中国画讲究"形神兼备"，对于写小说来说，传神比写形象更为重要。

我的老师沈从文写《边城》里的翠翠乖觉明慧，并没有过多地刻画其外形，只是捕捉住了翠翠的神气：

> 翠翠在风日里长养着，故把皮肤变得黑黑的，触目为青山绿水，故眸子清明如水晶。自然既长养她且教育她，为人天真活

泼，处处俨然如一只小兽物。人又那么乖，如山头黄麂一样，从不想到残忍事情，从不发怒，从不动气。平时在渡船上遇陌生人对她有所注意时，便把光光的眼睛瞅着那陌生人，做成随时都可举步逃入深山的神气，但明白了面前的人无机心后，就又从从容容地在水边玩耍了。

鲁迅先生曾说过：有人说，画一个人最好是画他的眼睛。传神，离不开画眼睛。

《祝福》两次写到祥林嫂的眼睛：

她不是鲁镇人。有一年的冬初，四叔家里要换女工，做中人的卫老婆子带她进来了，头上系着白头绳，乌裙，蓝夹袄，月白背心，年纪大约二十六七，脸色青黄，但两颊却还是红的。卫老婆子叫她祥林嫂，说是自己母亲的邻居，死了当家人，所以出来做工了。四叔皱了皱眉，四婶已经知道了他的意思，是在讨厌她是一个寡妇。但看她模样还周正，手脚都壮大，又只是顺着眼，不开一句口，很像一个安分耐劳的人，便不管四叔的皱眉，将她留下了。

我这回到鲁镇所见的人们中，改变之大，可以说无过于她的了：五年前的花白的头发，即今已经全白，全不像四十上下的人；脸上瘦削不堪，黄中带黑，而且消尽了先前悲哀的神色，仿佛是木刻似的；只有那眼珠间或一轮，还可以表示她是一个活物。

“顺着眼”，大概是绍兴方言；“间或一轮”，现在也不大用了，但意思是可以懂得的，神情可以想见。这“顺”着的眼和间或一轮的眼珠，写出了祥林嫂的神情和她的悲惨的遭遇。

我有几篇小说里用过画眼睛的方法：

> 两个女儿，长得跟她娘像一个模子里脱出来的。眼睛长得尤其像，白眼珠鸭蛋青，黑眼珠棋子黑，定神时如清水，闪动时像星星。浑身上下，头是头，脚是脚。头发滑溜溜的，衣服格挣挣的。——这里的风俗，十五六岁的姑娘就都梳上头了。这两个丫头，这一头的好头发！通红的发根，雪白的簪子！娘女三个去赶集，一集的人都朝她们望。

> 巧云十五岁，长成了一朵花。身材、脸盘都像妈。瓜子脸，一边有一个很深的酒窝。眉毛黑如鸦翅，长入鬓角。眼角有点吊，是一双凤眼。睫毛很长，因此显得眼睛经常眯睎着；忽然回头，睁得大大的，带点吃惊而专注的神情，好像听到远处有人叫她似的。

对于异常漂亮的女人，有时从正面直接地描写很困难；或者已经写了，还嫌不足，中国的和外国的古代的诗人，不约而同地想出另外一种聪明的办法，即换一个角度，不是描写她本人，而是间接地，描写看到她的别人的反应，从别人的欣赏、倾慕来反衬出她的美。希腊史诗《伊里亚特》里的海伦皇后是一个绝世的美人，但是荷马在描写她的美时，没有形容她的面貌肢体，只是用相当篇幅描写了看到她的几位老人的惊愕。汉代乐府《陌上桑》描写罗敷，也是用的这种方法：

行者见罗敷，下担捋髭须。
少年见罗敷，脱帽著帩头。
耕者忘其犁，锄者忘其锄。
来归相怨怒，但坐观罗敷。

这种方法，不能使人产生具体的印象，但却可以唤起读者无边的想象。他没有看到这个美人是如何的美，但是他想得出她一定非常的美。这样的写法是虚的，但是读者的感受是实的。

这种方法，至少已经有两千多年的历史了，但是现代的作家还在用着。赵树理《小二黑结婚》写小芹，就用过这种方法（我手边无树理同志这篇小说，不能具引）。我在《大淖记事》里写巧云，也用了这种方法：

……她在门外的两棵树杈之间结网，在淖边平地上织席，就有一些少年人装着有事的样子来来去去。她上街买东西，甭管是买肉、买菜，打油、打酒，撕布、量头绳，买梳头油、雪花膏，买石碱、浆块，同样的钱，她买回来，分量都比别人多，东西都比别人的好。这个奥秘早被大娘、大婶们发现，她们都托她买东西，只要巧云一上街，都挎了好几个竹篮，回来时压得两个胳臂酸疼酸疼。泰山庙唱戏，人家都自己扛了板凳去，巧云散着手就去了。一去了，总有人给她找一个得看的好座。台上的戏唱得正热闹，但是没有多少人叫好。因为好些人不是在看戏，是看她。

前引《受戒》里的“娘女三个去赶集，一集的人都朝她们望”，用的也是这方法，只是繁简不同。

这些方法古已有之，应该说是陈旧的方法了，但是运用得好，却可以使之有新意，使人产生新鲜感。方法是不难理解的，也是不难掌握的，但是运用起来，却有不同。运用得好，使人觉得自自然然，很妥贴，很舒服，不露痕迹。虽然有法，恰似无法，用了技巧，却显不出技巧，好像是天生的一段文字，本来就该像这样写。用得不好，就会显得卖弄做作，笨拙生硬，使人像吃馒头时嚼出一块没有蒸熟的生面疙瘩。

这些写神情、画眼睛，从观赏者的角度反映出人的姿媚，都只是方法，是“用”，而不是“体”。“体”，是生活。没有丰富的生活积累，只是知道这些方法，还是写不出好作品的。反之，生活丰富了，对于这些方法，也就容易掌握，容易运用自如。

不过，作为初学写作者，知道这些方法，并且有意识地做一些练习，学习用几句话捉住一个人的神情，描绘若干双眼睛，尝试从别人的反映来写人，是有好处的。这可以锻炼自己的艺术感觉，并且这也是积累生活的验方。生活和艺术感是互相渗透、互为影响的。

传统文化对中国当代文学创作的影响

前几年，有几位中国小青年评论家认为“五四”是中国文化的断裂。从表面现象看，是这样。五四运动，出于革命的要求，提倡新文化，反对旧文化。那时的主将提出，“打倒孔家店”“欢迎赛先生、德先生”。他们用很大的热情诅咒“选学妖孽，桐城谬种”。鲁迅就劝过青年少看中国书。但往深里看一看，“五四”并不是什么断裂。这些文化革命的主将大都是旧学根底很深的。这只要问问琉璃厂旧书店的掌柜的和伙计就可以知道，主将们是买他们的旧书的主要主顾！中国的新文学一开始确实受了西方的影响，小说和新诗的形式都是从外国移植进来的。但是在引进外来形式的同时，中国新文学一开始就没有脱离传统文化的影响。

鲁迅对中国古典文学，特别是中古文学，有很深的研究。他曾经讲授过汉文学史，校订过《嵇康集》。他写的《魏晋风度及文章与药及酒之关系》，至今还是任何一本中古文学史必须引用的文章。鲁迅可以用地道的魏晋风格给人写碑。他的用白话文写的小说、散文里，也不难找出魏晋文风的痕迹。我很希望有人能写出一篇大文章：《论魏晋文学对鲁迅作品的影响》。鲁迅还搜集过汉代石刻画像，整理过会稽郡的历史文献，自己掏钱在南京的佛经流通处刻了一本《百喻经》，和郑振铎合选过《北京笺谱》。这些，对他的文学创作都是有间接的作用的。

闻一多是把西洋诗的格律首先引进中国的开一代风气的诗人，但是他在大学里讲授的是《诗经》《楚辞》《庄子》《唐诗》。他大概是最早用比较文学的方法讲中国古典文学的一个，我在大学里听他讲过唐诗，他就用后印象派的画和晚唐绝句相比较。闻先生原来是学画的，他一直仍是画家。他同时又是写金文的书法家，刻图章的金石家。他的诗文也都有金石味——好像用刻刀刻出来的。

郭沫若是一个通才。他写诗，也写过小说，写了一大堆剧本；翻译过《浮士德》。但他又是历史学家、考古学家。他是第一个用新的观点研究先秦诸子思想的学者，是从史实、章句到文学价值全面地研究《楚辞》的大家，他对甲骨文、金文的研究超越了前人，成为一代权威。他的书法自成一体，全国到处的名胜古迹楼台亭馆，都可以看到他的才气纵横的大字。他的诗明显地受了李白的影响。

沈从文在中国现代作家里是一个很奇特的例子。他只读过小学，当了几年兵，一个土头土脑的乡下人，冒冒失失地从边远落后的湘西跑到文化古城北京，想用一枝笔挣到一点“可以消化消化”的东西，可是他连标点符号都不会用。他在一种文化饥饿的状态中，贪婪地吞食了大量的知识——读了很多书。他最初拥有的书，是一本司马迁的《史记》。他反复读这本书。直到晚年，对其中许多章节还记得。他的小说的行文简洁而精确处，得力于《史记》者，实不少。也像鲁迅一样，他读了很多魏晋时代的诗文，他晚年写旧诗，风格近似阮籍的《咏怀》。他读过不少佛经，曾从《法苑珠林》中辑录出一些故事，重新改写成《月下小景》。他的一些小说富于东方浪漫主义的色彩，跟《法苑珠林》有一定关系。他的独特的文体，他自己说是“文白夹杂”，即把中古时期的规整的书面语言和近代的带有乡土气息的口语糅合在一处，我以为受了《世说新语》以及《法苑珠林》这样的翻译佛经的文体的影响颇大。而他的描写风景的概括性和鲜明性，可以直接上溯到郦道元的《水经注》。他一九四九年以后忽然中断了文学创作，转到文物研究方面来。许多外国朋友，包括中国的青年作家，都觉得这是不可理解的，几乎是神秘的转折。尤其难于理解的是，他在不长的时间中对文物研究搞出那样大的成就，写出许多著作，包括像《中国服饰研究》这样的开山之作的巨著。我，作为他的学生，觉得这并不是完全不可理解。沈先生从年轻时候就对一切美的东西具有近似痴迷的兴趣，他对书画、陶瓷、漆器、丝绸、刺绣有着渊博的知识。这些，使他在写小说、散文时得到启发，而他对写作的精细耐心，也正像一个手工艺匠师对待他的制品一样。

四十年代是战争年代，有一批作家是从农村成长起来的。他们没有受过完整正规的学校教育，但是他们得到农民文化的丰富的滋养，他们的作品受了民歌、民间戏曲和民间说书很大的影响，如赵树理、李季。赵树理是一个农村才子，多才多艺。他在农村集市上能够一个人演一台戏，他唱、演、做身段，并用口拉过门、打锣鼓，非常热闹。他写的小说近似评书。李季用陕北“信天游”形式写了优秀的叙事诗。他们所接受的是另一种形态的文化传统。尽管是另一种形态的，但应该说仍旧是中国的文化传统。

在战争的环境中，书籍是很难得到的。有些作家在土改时从地主家中弄到半套《康熙字典》或残缺不全的《聊斋志异》，就觉得如获至宝。孙犁就是这样一位作家。孙犁的小说清新淡雅，在表现农村和战争题材的小说里别具一格（他嗜书若命）。他晚年写的小说越发趋于平淡，用完全白描的手法勾画一点平常的人事，有时简直分不清这是小说还是散文，显然受了中国的“笔记”很大的影响，被评论家称之为“笔记体小说”。

另一个也被评论家认为写“笔记体小说”的作家是汪曾祺。我的小说受了明代散文作家归有光颇深的影响。黄宗羲说：“予读震川文之为汝妇者，一往情深，每以一二细事见之，使人欲涕。”他的散文写得很平淡，很亲切，好像只是说一些家常话。我的小说很少写戏剧性的情节，结构松散，有的评论家说这是散文化的小说。

五十年代的青年作家读俄罗斯和苏联翻译作品及“五四”以来的作家作品比较多，旧书读得比较少。但也不尽如此。宗璞从小受到古典文学的熏陶，她的作品让人想起宋代女词人李清照。

六十年代才真是文化的断裂。

七十年代由于文化对外开放，西方的各种文艺思潮和各种流派的作品涌进中国，这一代的青年作家热衷于阅读这些理论和作品，并且吮吸到自己的创作之中。

八十年代的青年作家有一部分忽然对中国传统文化激发出巨大的热情。有几年在大学生中间掀起了一阵“老庄热”，有的青年作家甚至对佛学中的禅宗产生兴趣。比如现在美国的阿城，前几年有一些青年作家提出文学“寻根”。“寻根”是一个相当模糊的概念，谁也没有说明白它的涵义。但是大家有一种朦朦胧胧的向往，追寻好像已经消逝的中国古文化。我个人认为这种倾向是好的。

近年还出现“文化小说”的提法，这也是相当模糊的概念。所谓“文化小说”，据我的观察，不外是：一、小说注意描写中国的风俗，把人物放置在一定的风俗画环境中活动；二、表现了当代中国的普通人的心理结构中潜在的传统文化的影响——比如老庄的顺乎自然的恬静境界，孔子的“仁恕”思想。

无论“寻根文学”或“文化小说”的作者，都更充分地意识到语言的重要性。他们认识到语言不仅是手段，其本身便是目的。他们认识到语言的哲学的、心理的意蕴。认识到语言的文化性。语言是一种文化现象。语言的后面都有文化。正如中国古代的文论家所说：凡无字处皆有字。文学语言的辐射范围不只是字典上所注释的那样。语言后面所潜伏的文化的深度，是语言优次的标准，同时也是检验一个作品民族化程度的标准，也是一个作品是否真正能够感染读者的重要契因。比如毛泽东写给柳亚子的诗：

饮茶粤海未能忘，索句渝州叶正黄。
三十一年还旧国，落花时节读华章。
……

单看字面，“落花时节”就是落花的时节，但是如果读过杜甫逢李龟年的诗：

岐王宅里寻常见，崔九堂前几度闻。
正是江南好风景，落花时节又逢君。

就知道“落花时节”包含着久别重逢的意思。

因此，我认为当代中国作家，应该尽量多读一点中国古典文学。

中国的当代文学含蕴着传统的文化，这才成为当代的中国文学。正如现代化的中国里面有古代的中国。如果只有现代化，没有古代中国，那么中国就不成其为中国。

谈散文

中国散文，浩如烟海。

先秦诸子，都能文章。《子路曾皙冉有公西华侍坐》从容潇洒。孟子滔滔不绝。庄子汪洋恣肆。都足为后人取法。

中国自来文史不分。史书也都是文学。司马迁叙事写文，清楚生动。他的作品是孤愤之书，有感而发，为了得到同情，故写得朴朴实实。六朝重人物品藻，寥寥数语，皆具风神。《史记》《世说新语》影响深远，唐宋人大都不能出其樊篱。姚鼐推崇归有光，归文实本《史记》。

中国游记能状难写之景如在目前。郦道元《水经注》写三峡，将一大境界纳为数语，真是大手笔。柳宗元《至小丘西小石潭记》以鱼之动态写水之清幽，此法为后之写游记者所沿用，例不胜举。

韩愈文章，誉毁不一，我也不喜欢他的文章所讲的道理，但是他的文章有一特点：注重文学的耳感，即音乐性。“国子先生，晨入太学，招诸生，立馆下，诲之曰……”读来朗朗上口。“上口”是中国散文的一个特点。过去学文章都要打起调子来半吟半唱，这样才能将声音深入记忆，是很有道理的。

中国文化有断裂。有人以为“五四”是一个断裂，有人不同意，以为“五四”虽是提倡白话文，而文章之道未断，真正的断裂是四十年代。自四十年代至七十年代几乎没有“美文”，只有政论。偶有散文，大都剑拔弩张，盛气凌人，或过度抒情，顾影自怜。这和中国散文的平静中和的传统是不相合的。

“五四”以后有不多的翻译过来的外国散文，法国的蒙田、挪威的别伦·别尔生……影响最大的大概是算泰戈尔。但我对泰戈尔和纪伯伦不喜欢。一个人把自己扮成圣人总是叫人讨厌的。我倒喜欢弗吉尼亚·伍尔芙，喜欢那种如云如水，东一句西一句的，既叫人不好捉摸，又不脱离人世生活的意识流的散文。生活本是散散漫漫的，文章也该是散散漫漫的。

文章的雅俗文白一向颇有争议。有人以为越白越好，越俗越好。张奚若先生在当文化部长时曾讲过推广普通话问题，说“普通话”并不是普普通通的话。话犹如此，文章就得经过加工，“散文”总是散文，不是说出来的话就是散文，那样就像莫里哀戏中的人物一样，“说了一辈子散文”了。宋人提出以俗为雅。近年有人提出大雅若俗。这主要都是说的文学语言。文学语言总得要把文言和口语糅合起来，浓淡适度，不留痕迹，才有嚼头，不“水”。当代散文是当代人写，写给当代人看的，口语不妨稍多，但是过多地使用口语，甚至大量地掺入市井语言，就会显得油嘴滑舌，如北京人所说的：“贫”。我以为语言最好是俗不伤雅，既不掉书袋，也有文化气息。

我和这套文丛的作者都不熟，据闻大都是中青年文艺理论家，他们的文章较有深度，有文化气息。他们是可能成为当代散文的中坚的，希望他们既能继承中国散文的悠久传统，并能接受外国散文的影响，占一代风流，掮百年余韵，是为序。

幕后台前，戏如人生

人/间/有/趣

听遛鸟人谈戏

近来我每天早晨绕着玉渊潭遛一圈。遛完了，常找一个地方坐下听人聊天。这可以增长知识，了解生活。还有些人不聊天。钓鱼的、练气功的，都不说话。游泳的闹闹嚷嚷，听不见他们嚷什么。读外语的学生，读日语的、英语的、俄语的，都不说话，专心致志把莎士比亚和屠格涅夫印进他们的大脑皮层里去。

比较爱聊天的是那些遛鸟的。他们聊的多是关于鸟的事，但常常联系到戏。遛鸟与听戏，性质上本相接近。他们之中不少是既爱养鸟，也爱听戏，或曾经也爱听戏的。遛鸟的起得早，遛鸟的地方常常也是演员喊嗓子的地方，故他们往往有当演员的朋友，知道不少梨园掌故。有的自己就能唱两口。有一个遛鸟的，大家都叫他“老包”，他其实不姓包，因为他把鸟笼一挂，自己就唱开了：“包龙图打坐在开封府……”就这一句。唱完了，自己听着不好，摇摇头，接茬再唱：“包龙图打坐……”

因为常听他们聊，我多少知道一点关于鸟的常识。知道画眉的眉子齐不齐，身材胖瘦，头大头小，是不是“原毛”，有“口”没有，能叫什么玩意儿：伏天、喜鹊——大喜鹊、山喜鹊、苇咋子、猫、家雀打架、鸡下蛋……知道画眉的行市，哪只鸟值多少“张”。——“张”，是一张十元的钞票。他们的行话不说几十块钱，而说多少张。有一个七十八岁的老头，原先本是勤行，他的一只画眉，人称鸟王。有人问他出不出手，要多少钱，他说：“二百。”遛鸟的都说：“值！”

我有些奇怪了，忍不住问：

“一只鸟值多少钱，是不是公认的？你们都瞧得出来？”

几个人同时叫起来：“那是！老头的值二百，那只生鸟值七块。梅兰芳唱戏卖两块四，戏校的学生现在卖三毛。老包，倒找我两块钱！那能错了？”

“全北京一共有多少画眉？能统计出来么？”

“横是不少！”

“‘文化大革命’那阵没有了吧？”

“那会儿谁还养鸟哇！不过，这玩意禁不了。就跟那京剧里的老戏似的，‘四人帮’压着不让唱，压得住吗？一开了禁，你瞧，呼啦，呼啦——全出来了。不管是谁，禁不了老戏，也就禁不了养鸟。我把话说在这儿：多会有画眉，多会他就得唱老戏！报上说京剧有什么危机，瞎掰的事！”

这位对画眉和京剧的前途都非常乐观。

一个六十多岁的退休银行职员说：“养画眉的历史大概和京剧的历史差不多长，有四大徽班那会就有画眉。”

他这个考证可不大对。画眉的历史可要比京剧长得多，宋徽宗就画过画眉。

“养鸟有什么好处呢？”我问。

“嘻，遛人！”七十八岁的老厨师说，“没有个鸟，有时早上一醒，觉得还困，就懒得起了；有个鸟，多困也得起！”

“这是个乐儿！”一个还不到五十岁的扁平脸、双眼皮很深、络腮胡子的工人——他穿着厂里的工作服，说。

“是个乐儿！钓鱼的、游泳的，都是个乐儿！”说话的是退休银行职员。

“一个画眉，不就是叫么？怎么会有那么大的差别？”

一个戴白边眼镜的穿着没有领子的酱色衬衫的中等老头儿，他老给他的四只画眉洗澡——把鸟笼放在浅水里让画眉抖擞毛羽，说：

“叫跟叫不一样！跟唱戏一样，有的嗓子宽，有的窄，有的有膛音，有的干冲！不但要声音，还得要‘样’，得有‘做派’，有神气。您瞧我这只画眉，叫得多好！像谁？”

像谁？

“像马连良！”

像马连良？！

我细瞧一下，还真有点像！它周身干净利索，挺拔精神，叫的时候略偏一点身子，还微微摇动脑袋。

“潇洒！”

我只得承认：潇洒！

不过我立刻不免替京剧演员感到一点悲哀，原来在这些人的心目中，对一个演员的品鉴，就跟对一只画眉一样。

“一只画眉，能叫多少年？”

勤行老师傅说：“十来年没问题！”

老包说：“也就是七八年。就跟唱京剧一样，李万春现在也只能看一招一势，高盛麟也不似当年了。”

他说起有一年听《四郎探母》，甭说四郎、公主，佘太君是李多奎，那嗓子，冲！他慨叹说：

“那样的好角儿，现在没有了！现在的京剧没有人看——看的人少，那是啊，没有那么多好角儿了嘛！你再有杨小楼，再有梅兰芳，再有金少山，试试！照样满！两块四？四块八也有人看！——我就看！卖了画眉也看！”

他说出了京剧不景气的原因：老成凋谢，后继无人。这与一部分戏曲理论家的意见不谋而合。

戴白边眼镜的中等老头儿不以为然：

“不行！王师傅的鸟值二百（哦，原来老人姓王），可是你叫个外行来听听：听不出好来！就是梅兰芳、杨小楼再活回来，你叫那边那几个念洋话的学生来听听，他也听不出好来。不懂！现而今这年轻人不懂的事太多。他们不懂京剧，那戏园子的座儿就能好了哇？”

好几个人附和：“那是！那是！”

他们以为京剧的危机是不懂京剧的学生造成的。如果现在的学生都像老舍所写的赵子曰，或者都像老包，像这些懂京剧的遛鸟的人，京剧就得救了。这跟一些戏剧理论家的意见也很相似。

然而京剧的老观众，比如这些遛鸟的人，都已经老了，他们大部分已经退休。他们跟我闲聊中最常问的一句话是：“退了没有？”那么，京剧的新观众在哪里呢？

哦，在那里：就是那些念屠格涅夫、念莎士比亚的学生。

也没准儿将来改造京剧的也是他们。

谁知道呢！

自从布莱希特以后，世界戏剧分做了两大类。一类是戏剧的戏剧，一类是叙事诗式的戏剧。布莱希特带来了戏剧观念的革命。布莱希特的戏剧观可能受了中国戏曲的影响。元杂剧是个很怪的东西。除了全剧一个人唱到底，还把任何生活一概切成四段（四出）。或许，元杂剧的作者认为生活本身就是天然地按照四分法的逻辑进行的，这也许有道理。四是一个神秘的数字。元杂剧的分“出”，和十九世纪西方戏剧的分“幕”不尽相同，但有暗合之处（古典西方戏剧大都是四幕）。但是自从传奇兴起，中国的剧作者的戏剧观点、思想方式，发生了很大的变化，同时带来结构方式的变化。传奇的作者意识到生活的连续性、流动性，不能人为地切做四块，于是由大段落改为小段落，由“出”改为“折”。西方古典戏剧的结构像山，中国戏曲的结构像水。这种滔滔不绝的结构自明代至近代一直没有改变。这样的结构更近乎是叙事诗式的，或者更直截了当地说：是小说式的。中国的演义小说改编为戏曲极其方便，因为结构方法相近。

中国戏曲的时空处理极其自由，尤其是空间，空间是随着人走的，一场戏里可以同时表不同的空间（中国剧作家不知道所谓三一律，因此不存在打破三一律的问题）。《打渔杀家》里萧恩去出首告状，被县官吕子秋打了四十大板，轰出了县衙。他的女儿桂英在家里等他。上场唱了四句：

老爹爹清晨起前去出首，
倒叫我桂英儿挂在心头。
将身儿坐至在草堂等候，
等候了爹爹回细问根由。

在每一句之后听到后台的声音：“一十，二十，三十，四十，赶了出去！”这声音表现的是萧恩在公堂上挨打。一个在江那边，一个在江这边，一个在公堂上，一个在家里，这“一十，二十”怎么能听得到？谁听见的？《一匹布》是一出极其特别的、带荒诞性的“玩笑剧”。李天龙的未婚妻死了，丈人有言，等李天龙续娶时，把女儿的四季衣裳和陪嫁银子二百两给他。李天龙家贫，无力娶妻，张古董愿意把妻子沈赛花借给他，好去领取钱物，声明不能过夜。不想李天龙沈赛花被老丈人的儿子强留住下了。张古董一看天晚了，赶往城里，到了瓮城里，两边的城门都关了，憋在瓮城里过了一夜。舞台上一边是老丈人家，李天龙、沈赛花各怀心事；一边是瓮城，张古董一个人心急火燎，咕咕哝哝。奇怪的是两边的事不但同时发生，而且两处人物的心理还能互相感应，又加上一个毫不相干，和张古董同时被关在瓮城里的一个名叫“四合老店”的南方口音的老头儿跟着一块瞎打岔，这场戏遂饶奇趣。这种表现同时发生在不同空间的事件的方法，可以说是对生活的全方位观察。

中国戏曲，不很重视冲突。有一个时期，有一种说法，戏剧就是冲突，没有冲突不成其为戏剧。中国戏曲，从整出看，当然是有冲突的，但是各场并不都有冲突。《牡丹亭·游园》只是写了杜丽娘的一脉春情，什么冲突也没有。《长生殿·闻铃·哭像》也只是唐明皇一个人在抒发感情。《琵琶记·吃糠》只是赵五娘因为糠和米的分离联想到她和蔡伯喈的遭际，痛哭了一场。《描容》是一首感人肺腑的抒情诗，赵五娘并没有和什么人冲突。这些著名的折子，在西方的古典戏剧家看来，是很难构成一场戏的。这种不假冲突，直接地抒写人物的心理、感情、情绪的构思，是小说的，非戏剧的。

戏剧是强化的艺术，小说是入微的艺术。戏剧一般是靠大动作刻画人物的，不太注重细节的描写。中国的戏曲强化得尤其厉害。锣鼓是强化的有力的辅助手段。但是中国戏曲又往往能容纳极精微的细节。《打渔杀家》萧恩决定过江杀人，桂英要跟随前去，临出门时，有这样几句对白："开门哪！""爹爹呀请转！这门还未曾上锁呢。""这门呶！——关也罢，不关也罢！""里面还有许多动用家具呢。""傻孩子呀，门都不要了，要家具则甚哪！""不要了？喂噫……""不省事的冤家呀……！"

从戏剧情节角度看，这几句话可有可无。但是剧作者（也算是演员）却抓住了这一细节，表现出桂英的不懂事和失路英雄准备弃家出走的悲怆心情，增加了这出戏的悲剧性。

《武家坡》，薛平贵在窑外述说了往事，王宝钏确信是自己的丈夫回来了，开门相见：

王宝钏（唱）：

开开窑门重相见，

我丈夫哪有五绺髯？

薛平贵（唱）：

少年子弟江湖老，

红粉佳人两鬓斑。

三姐不信菱花照，

不似当年在彩楼前。

王宝钏（唱）：

寒窑哪有菱花镜？

薛平贵（白）：

水盆里面——

王宝钏（接唱）：

水盆里面照容颜。

（夹白）：老了！

（接唱）：

老了老了真老了，

十八年老了我王宝钏！

水盆照影，是一个非常精彩的细节。王宝钏穷得置不起一面镜子，她茹苦含辛，也无心对镜照影。今日在水盆里一照：老了！“十八年老了我王宝钏”，千古一哭！

这种“闲中着色”，涉笔成情，手法不是戏剧的，是小说的。

有些艺术品类，如电影、话剧，宣布要与文学离婚，是有道理的。这些艺术形式绝对不能成为文学的附庸、对话的奴仆。但是戏曲，问题不同。因为中国戏曲与文学——小说，有割不断的血缘关系。戏曲和文学不是要离婚，而是要复婚。中国戏曲的问题，是表演对于文学太负心了！

马·谭·张·裘·赵——漫谈他们的演唱艺术

马（连良）、谭（富英）、张（君秋）、裘（盛戎）、赵（燕侠），是北京京剧团的“五大头牌”。我从一九六一年底参加北京京剧团工作，和他们有一些接触，但都没有很深的交往。我对京剧始终是个“外行”（京剧界把不是唱戏的都叫做“外行”）。看过他们一些戏，但是看看而已，没有做过任何研究。现在所写的，只能是一些片片段段的印象。有些是我所目击的，有些则得之于别人的闲谈，未经核实，未必可靠。好在这不入档案，姑妄言之耳。

描述一个演员的表演是几乎不可能的事。马连良是个雅俗共赏的表演艺术家，很多人都爱看马连良的戏。但是马连良好在哪里，谁也说不清楚。一般都说马连良“潇洒”。马连良曾想写一篇文章：《谈潇洒》，不知写成了没有。我觉得这篇文章是很难写的。“潇洒”是什么？很难捉摸。《辞海》“潇洒”条，注云：“洒脱，不拘束”，庶几近之。马连良的“潇洒”，和他在台上极端的松弛是有关系的。马连良天赋条件很好：面形端正，眉目清朗——眼睛不大，而善于表情；身材好——高矮胖瘦合适，体格匀称。他的一双脚，照京剧演员的说法，“长得很顺溜”。京剧演员很注意脚。过去唱老生大都包脚，为的是穿上靴子好看。一双脚腨里咕叽，浑身都不会有精神。他腰腿幼功很好，年轻时唱过《连环套》，唱过《广泰庄》这类的武戏。脚底下干净、清楚。一出台，就给观众一个清爽漂亮的印象，照戏班里的说法：“有人缘儿。”

马连良在做角色准备时是很认真的。一招一式，反复捉摸。他的夫人常说他：“又附了体。”他曾排过一出小型现代戏《年年有余》（与张君秋合演），剧中的老汉是抽旱烟的。他弄了一根旱烟袋，整天在家里摆弄，“找感觉”。到了排练场，把在家里捉摸好的身段步位走出来就是，导演不去再提意见，也提不出意见，因为他的设计都挑不出毛病。所以导演排他的戏很省劲。到了演出时，他更是一点负担都没有。《秦香莲》里秦香莲唱了一大段“琵琶词”，他扮的王延龄坐在上面听，没有什么“事”，本来是很难受的，然而马连良不“空”得慌，他一会捋捋髯口（马连良捋髯口很好看，捋“白满”时用食指和中指轻夹住一绺，缓缓捋到底），一会用眼瞟瞟陈世美，似乎他随时都在戏里，其实他在轻轻给张君秋拍着板！他还有个“毛病”，爱在台上跟同台演员小声地聊天。有一次和李多奎聊起来：“二哥，今儿中午吃了什么？包饺子？什么馅儿的？”害得李多奎到该张嘴时忘了词。马连良演戏，可以说是既在戏里，又在戏外。

既在戏里，又在戏外，这是中国戏曲，尤其是京剧表演的一个特点。京剧演员随时要意识到自己的唱念做打，手眼身法步，没法长时间地“进入角色”。《空城计》表现诸葛亮履险退敌，但是只有在司马懿退兵之后，诸葛亮下了城楼，抹了一把汗，说道：“好险呐！”观众才回想起诸葛亮刚才表面上很镇定，但是内心很紧张，如果要演员一直“进入角色”，又表演出镇定，又表演出紧张，那“我本是卧龙岗散淡的人”的“慢板”和“我正在城楼观山景”的“二六”怎么唱？

有人说中国戏曲注重形式美。有人说只注重形式美，意思是不重视内容。有人说某些演员的表演是“形式主义”，这就不大好听了。马连良就曾被某些戏曲评论家说成是“形式主义”。“形式美”也罢，“形式主义”也罢，然而马连良自是马连良，观众爱看，爱其“潇洒”。

马连良不是不演人物。他很注意人物的性格基调。我曾听他说过：“先得弄准了他的‘人性’，是绵软随和，还是干梗倔脏。”

马连良很注意表演的预示，在用一种手段（唱、念、做）想对观众传达一个重点内容时，先得使观众有预感，有准备，照他的说法是：“先打闪，后打雷。”

马连良的台步很讲究，几乎一个人物一个步法。我看过他的《一捧雪》，“搜杯”一场，莫成三次企图藏杯外逃，都为严府家丁校尉所阻，没有一句词，只是三次上场、退下，三次都是“水底鱼”，三个“水底鱼”能走下三个满堂好。不但干净利索，自然应节（不为锣鼓点捆住），而且一次比一次遑急，脚底下表现出不同情绪。王延龄和老薛保走的都是“老步”，但是王延龄位高望重，生活优裕，老而不衰；老薛保则是穷忙一生，双腿僵硬了。马连良演《三娘教子》，双膝微弯，横跨着走。这样弯腿弯了一整出戏，是要功夫的！

马连良很知道扬长避短。他年轻时调门很高，能唱《龙虎斗》这样的乙字调唢呐二黄，中年后调门降了下来。他高音不好，多在中音区使腔。《赵氏孤儿》鞭打公孙杵臼一场，他不能像余叔岩一样“白虎大堂奉了命”，“白虎”直拔而上，就垫了一个字：“在白虎”，也能“讨俏”。

对编剧艺术，他主张不要多唱。他的一些戏，唱都不多。《甘露寺》只一段“劝千岁”，《群英会》主要只是“借风”一段二黄。《审头刺汤》除了两句散板，只有向戚继光唱的一段四平调；《胭脂宝褶》只有一段流水。在讨论新编剧本时他总是说：“这里不用唱，有几句白就行了。”他说：“不该唱而唱，比该唱而不唱，还要叫人难受。”我以为这是至理名言。现在新编的京剧大都唱得太多，而且每唱必长，作者笔下痛快，演员实在吃不消。

马连良在出台以前从来不在后台“吊”一段，他要喊两嗓子。他喊嗓子不像别人都是“啊——咿”，而是：“走咪！”我头一次听到直纳闷：走？走到哪儿去？

马连良知道观众来看戏，不只看他一个人，他要求全团演员都很讲究。他不惜高价，聘请最好的配角。对演员服装要求做到“三白”——白护领、白水袖、白靴底，连龙套都如此（在“私营班社”时，马剧团都发理发费，所有演员上场前必须理发）。他自己的服装都是按身材量制的，面料、绣活都得经他审定，有些盔头是他看了古画，自己捉摸出来的，如《赵氏孤儿》程婴的镂金的透空的员外巾。他很会配颜色。有一回赵燕侠要做服装，特地拉了他去选料子。现在有些剧装厂专给演员定制马派服装。马派服装的确比官中行头穿上要好看得多。

听谭富英听一个“痛快”。谭富英年轻时嗓音“没挡”，当时戏曲报刊都说他是“天赋佳喉”。而且，底气充足。一出《定军山》，“敌营打罢得胜的鼓哇呃”，一口气，高亮脆爽，游刃有余，不但剧场里“炸了窝”，连剧场外拉洋车的也一齐叫好——他的声音一直传到场外。“三次开弓新月样”“来来来带过爷的马能行”，也同样是满堂的彩，从来没有“漂”过。——说京剧唱词不通，都得举出“马能行”，然而《定军山》的“马能行”没法改，因为这里有一个很漂亮的花腔，“行”字是“脑后摘音”，改了即无此效果。

谭富英什么都快。他走路快。晚年了，我和他一起走，还是赶不上他。台上动作快（动作较小）。《定军山》出场简直是握着刀横窜出来的。开打也快。“鼻子”“削头”，都快。“四记头”亮相，末锣刚落，他已经抬脚下场了。他的唱，“尺寸”也比别人快。他特别长于唱快板。《战太平》“长街”一场的快板，《斩马谡》“见王平”的快板都似脱线珍珠一样溅跳而出。快，而字字清晰劲健，没有一个字是“嚼”了的。五十年代，“挖掘传统”那阵，我听过一次他久已不演的《朱砂痣》，赞银子一段，“好宝贝！”一句短白，碰板起唱，张嘴就来，真“脆”。

我曾问过一个经验丰富、给很多名角挎过刀，艺术上很有见解的唱二旦的任志秋：“谭富英有什么好？”志秋说：“他像个老生。”我只能承认这是一句很妙的回答，很有道理。唱老生的的确有很多人不像老生。

谭富英为人恬淡豁达。他出科就红，可以说是一帆风顺，但他不和别人争名位高低，不“吃戏醋”。他和裘盛戎合组太平京剧团时就常让盛戎唱大轴，他知道盛戎正是“好时候”，很多观众是来听裘盛戎的。盛戎大轴《姚期》，他就在前面来一出《桑园会》（与梁小鸾合演）。这是一出“歇工戏”，他也乐得省劲。马连良曾约他合演《战长沙》，他的黄忠，马的关羽。重点当然是关羽，黄忠是个配角，他同意了（这出戏筹备很久，我曾在后台见过制作得极精美的青龙偃月刀，不知因为什么未能排出，如果演出，那是会很好看的）。他曾在《秦香莲》里演过陈世美，在《赵氏孤儿》里演过赵盾。这本来都是“二路”演员的活。

富英有心脏病，到我参加北京京剧团后，就没怎么见他演出。但不时还到剧团来。和大家见见，聊聊。他没有架子，极可亲近。

他重病住院，用的药很贵重。到他病危时，拒绝再用，他说：“这种药留给别人用吧！”重人之生，轻己之死。如此高格，能有几人?

张君秋得天独厚，他的这条嗓子，一时无两：甜，圆，宽，润。他的发声极其科学，主要靠腹呼吸，所谓“丹田之气”。他不使劲地摩擦声带，因此声带不易磨损，耐久，“顶活”，长唱不哑。中国音乐学院有一位教师曾经专门研究张君秋的发声方法。——这恐怕是很难的，因为发声是身体全方位的运动。他的气很足。我曾在广和剧场后台就近看他吊嗓子，他唱的时候，颈部两边的肌肉都震得颤动，可见其共鸣量有多大。这样的发声真如浓茶酽酒，味道醇厚。一般旦角发声多薄，近听很亮，但是不能“打远”，“灌不满堂”。有别的旦角和他同台，一张嘴，就比下去了。

君秋在武汉收徒时曾说：“唱我这派，得能吃。”这不是开玩笑的话。君秋食量甚佳，胃口极好。唱戏的都是“饱吹饿唱”，君秋是吃饱了唱。演《玉堂春》，已经化好了妆，还来四十个饺子。前面崇公道高叫一声："苏三走动啊！"他一抹嘴："苦哇！"就上去了，"忽听得唤苏三……"在武汉，住璇宫饭店，每天晚上鳜鱼氽汤，二斤来重一条，一个人吃得干干净净。他和程砚秋一样，都爱吃炖肘子。

（唱旦角的比君秋还能吃的，大概只有一个程砚秋。他在上海，到南市的老上海饭馆吃饭，"青鱼托肺"——青鱼的内脏，这道菜非常油腻，他一次要两只。在老正兴吃大闸蟹，八只！搞声乐的要能吃，这大概有点道理。）

君秋没有坐过科，是小时在家里请教师学的戏，从小就有一条好嗓子，搭班就红（他是马连良发现的），因此不大注意"身上"。他对学生说，"你学我，学我的唱，别学我的'老斗身子'。"他也不大注意表演。但也不尽然。他的台步不考究，简直无所谓台步，在台上走而已，"大步量"。但是着旗装，穿花盆底，那几步走，真是雍容华贵，仪态万方。我还没有见过一个旦角穿花盆底有他走得那样好看的。我曾仔细看过他的《玉堂春》，发现他还是很会"做戏"的。慢板、二六、流水，每一句的表情都非常细腻，眼神、手势，很有分寸，很美，又很含蓄（一般旦角演玉堂春都嫌轻浮，有的简直把一个沦落风尘但不失天真的少女演成一个荡妇）。跪禀既久，站起来，腿脚麻木了，微蹲着，轻揉两膝，实在是楚楚动人。花盆底脚步，是经过苦练练出来的；《玉堂春》我想一定经过名师指点，一点一点"抠"出来的。功夫不负苦心人。君秋是有表演才能的，只是没有发挥出来。

君秋最初宗梅，又受过程砚秋亲传（程很喜欢他，曾主动给他说过戏，好像是《六月雪》，确否，待查）。后来形成了张派。张派是从梅派发展出来的，这大家都知道。张派腔里有程的东西，也许不大为人注意。

君秋的嗓子有一个很大的特点，非常富于弹性，高低收放，运用自如，特别善于运用“擞”。《秦香莲》的二六，低起，到“我叫叫一声杀了人的天”拔到旦角能唱的最高音，那样高，还能用“擞”，宛转回环，美听之至。他又极会换气，常在“眼”上偷换，不露痕迹，因此张派腔听起来缠绵不断，不见棱角。中国画讲究“真气内行”，君秋得之。

我和裘盛戎只合作过两个戏，一个《杜鹃山》，一个小戏《雪花飘》，都是现代戏。

我和盛戎最初认识是和他（还有几个别的人）到天津去看戏——好像就是《杜鹃山》。演员知道裘盛戎来看戏，都“卯上”了。散了戏，我们到后台给演员道辛苦，盛戎拙于言词，但是他的态度是诚恳的、朴素的，他的谦虚是由衷的谦虚。他是真心实意地来向人家学习来了。回到旅馆的路上，他买了几套煎饼馃子摊鸡蛋，有滋有味地吃起来。他咬着煎饼馃子的样子，表现了很喜悦的怀旧之情和一种天真的童心。盛戎睡得很晚，晚上他一个人盘腿坐在床上抽烟，一边好像想着什么事，有点出神，有点迷迷糊糊的。不知是为什么，我以后总觉得盛戎的许多唱腔、唱法、身段，就是在这么盘腿坐着的时候想出来的。

盛戎的身体早就不大好。他曾经跟我说过：“老汪唉，你别看我外面还好，这里面——都娄啦！”搞《雪花飘》的时候，他那几天不舒服，但还是跟着我们一同去体验生活。《雪花飘》是根据浩然同志的小说改编的，写的是一个看公用电话的老人的事。我们去访问了政协礼堂附近的一位看电话的老人。这家只有老两口。老头子六十大几了，一脸的白胡茬，还骑着自行车到处送电话。他的老伴很得意地说："头两个月他还骑着二八的车哪，这最近才弄了一辆二六的！"盛戎在这间屋里坐了好大一会，还随着老头子送了一个电话。

《雪花飘》排得很快，一个星期左右，戏就出来了。幕一打开，盛戎唱了四句带点马派味儿的"散板"：

> 打罢了新春六十七哟，
> 看了五年电话机。
> 传呼一千八百日，
> 舒筋活血，强似下棋！

我和导演刘雪涛一听，都觉得"真是这里的事儿！"

《杜鹃山》搞过两次。一次是一九六四年，一次是一九六九年。一九六九年那次我们到湘鄂赣体验了较长期的生活。我和盛戎那时都是"控制使用"，他的心情自然不大好。那时强调军事化，大家穿了"价拨"的旧军大衣，背着行李，排着队。盛戎也一样，没有一点特殊。他总是默默地跟着队伍走，不大说话，但倒也不是整天愁眉苦脸的。我很能理解他的心情。虽然是"控制使用"，但还能"戴罪立功"，可以工作，可以演戏。我觉得从那时起，盛戎发生了一点变化，他变得深沉起来，盛戎平常也是个有说有笑的人，有时也爱逗个乐，但从那以后，我就很少见他有笑影了。他好像总是在想什么心事。用一句老戏词说：“满怀心腹事，尽在不言中。”他的这种神气，一直到他死，还深深地留在我的印象里。

那趟体验生活，是够苦的。南方的冬天比北方更难受。不生火，墙壁屋瓦都很单薄。那年的天气也特别，我们在安源过的春节，旧历大年三十，下大雪，同时却又打雷，下雹子，下大雨，一块儿来！盛戎晚上不再穷聊了，他早早就进了被窝。这老兄！他连毛窝都不脱，就这样连着毛窝睡了。但他还是坚持下来了，没有叫一句苦。

和盛戎合作，是非常愉快的。他很少对剧本提意见。他不是不当一回事，没有考虑过，或者提不出意见。盛戎文化不高，他读剧本是有点吃力的。但是他反复地读，盘着腿读。他读着，微微地摇着脑袋。他的目光有时从老花镜上面射出框外。他摇晃着脑袋，有时轻轻地发出一声：“唔。”有时甚至拍着大腿，大声喊叫：“唔！”

盛戎的领悟、理解能力非常之高。他从来不挑“辙口”，你写什么他唱什么。写《雪花飘》时，我跟他商量，这个戏准备让他唱“一七”，他沉吟着说：“哎呀，花脸唱闭口字……”我知道他这是“放傻”，就说：“你那《秦香莲》是什么辙？”他笑了：“‘一七’，好，唱，‘一七’！”盛戎十三道辙都响。有一出戏里有一个“灭”字，这是“乜斜”，“乜斜”是很不好唱的，他照样唱得很响，而且很好听。一个演员十三道辙都响，是很难得的。《杜鹃山》有一场“打长工”，他看到被他当作地主奴才的长工身上的累累伤痕，唱道：“他遍体伤痕都是豪绅罪证，我怎能在他的旧伤痕上再加新伤痕？”这是一段“二六”转“流水”，创腔的时候，我在旁边，说：“老兄，这两句你不能就这样‘数’了过去！唱到‘旧伤痕上’，得有个‘过程’，就像你当真看到，而且想到一样！”盛戎一听，说：“对！您听听，我再给您来来！”他唱到“旧伤痕上”时唱“散”了，下面加了一个弹拨乐器的单音重复的小“垫头”，“登、登、登……”，到“再加新伤痕”再归到原来的“尺寸”，而且唱得很强烈。当时参加创腔的唐在炘、熊承旭同志都说：“好极了！”一九六九年本的《杜鹃山》原来有一大段《烤番薯》，写雷刚被困在山上断了粮，杜小山给他送来两个番薯。他把番薯放在篝火堆里烤着，番薯糊了，烤出了香气，他拾起番薯，唱道：“手握番薯全身暖，勾起我多少往事在心间……”，他想起“我从小父母双亡讨米要饭，多亏了街坊邻舍问暖嘘寒”，他想起“大革命，造了反，几次探险在深山，每到有急和有难，都是乡亲接济咱。一块番薯掰两半，曾交深恩三十年！……到如今，山下来了毒蛇胆，杀人放火把父老摧残，我稳坐高山不去管，隔岸观火心怎安！……”（这剧本已经写了很多年，我手头无打印的剧本，词句全凭记忆追写，可能不尽准确。）创腔的同志对“一块番薯掰两半”不大理解，怕观众听不懂，盛戎说：“这有什么不好理解的？！‘一块番薯掰两半’，有他吃的就有我吃的！”他把这两句唱得非常感人，头一句他“虚”着一点唱，在想象，“曾受深恩”，“深恩”用极其深沉浑厚的胸音唱出，“三十年”一泻无余，跌宕不已。盛戎的这两句唱到现在还是绕梁三日，使我一想起就激动。这一段在后台被称为“烤白薯”，板式用的是“反二黄”。花脸唱“反二黄”虽非创举，当时还是很少见。盛戎后来得了病，他并不怎么悲观。他大概已经怀疑或者已经知道是癌症了，跟我说：“甭管它是什么，有病咱们瞧病！”他还想唱戏。有一度他的病好了一些。他还是想和我们把《杜鹃山》再搞出来（《杜鹃山》后来又写了一稿）。他为了清静，一个人搬到厢房里住，好看剧本。他死后，我才听他家里人说，他夜里躺在床上看剧本，曾经两次把床头灯的罩子烤着了。他病得很沉重了，有一次还用手在床头到处摸，他的夫人知道他要剧本。剧本不在手边，他的夫人就用报纸卷了一个筒子放在他手里，他这才平静下来。

他病危时，我到医院去看他。他的学生方荣翔引我到他的病床前，轻轻地叫醒他：“先生，有人来看你。”盛戎半睁开眼，荣翔问他：“您还认得吗？”盛戎在枕上微微点了点头，说了一个字：“汪”，随即流下了一大滴眼泪。

赵燕侠的发声部位靠前，有点近于评剧的发声。她的嗓音的特点是：清、干净、明亮、脆生。这样的嗓子可以久唱不败。她演的全本《玉堂春》《白蛇传》都是一人顶到底。唱多少句都不在乎。田汉同志为她的《白蛇传·合钵》一场加写了一大段和孩子哭别的唱词，李慕良设计的汉调二黄，她从从容容就唱完了。《沙家浜》“人一走，茶就凉”的拖腔，十四板，毫不吃力。

赵燕侠的吐字是一绝。她唱戏，可以不打字幕，每个字都很清楚，观众听得明明白白。她的观众多，和这点很有关系。田汉同志曾说：赵燕侠字是字，腔是腔，先把字报出来，再使腔，这有一定道理。都说京剧是“按字行腔”，实际情况并非如此。一句大腔，只有头几个音和字的调值是相合或接近的，后面的就不再有什么关系。如果后面的腔还是字音的延长，就会不成腔调。先报字，后行腔，自易清楚。当然“报”字还是唱出来的，不是念出来的。完全念出来的也有。我听谭富英说过，孙菊仙唱《奇冤报》“务农为本颇有家财”，“务农为本”就完全是用北京话念出来的。这毕竟很少。赵燕侠是先把字唱正了，再运腔，不使腔把字盖了。京剧的吐字还有件很麻烦的事，就是同时存在两个音系：湖广音和北京音。两个音系随时打架。除了言菊朋纯用湖广音，其余演员都是湖广音、北京音并用。余叔岩钻研了一辈子京剧音韵，他的字音其实是乱的。马连良说他的字音是“怎么好听怎么来”，我看只能如此。赵燕侠的字音基本上是北京音，所以易为观众接受（也有一些字是湖广音，如《白蛇传》的那段汉调。这段唱腔的设计者李慕良是湖南人，难免把他的乡音带进唱腔）。赵燕侠年轻时爱听曲艺，她大概从曲艺里吸收了不少东西，咬字是其一。——北方的曲艺咬字是最清楚的。赵燕侠的吐字清楚，是大家都知道的，但是其中奥秘，还有待研究。

赵燕侠的戏是她的父亲“打”出来的，功底很扎实，腿功尤其好。《大英杰烈》扳起朝天蹬，三起三落。“文化大革命”期间，我和她关在一个牛棚内。我们的“棚”在一座小楼上，只能放下一张长桌，几把凳子，我们只能紧挨着围桌而坐。坐在里面的人要出去，外面的就得站起让路。我坐在赵燕侠里面，要出去，说了声“劳驾”，请她让一让，这位赵老板没有站起来，腾地一下把一条腿抬过了头顶：“请！”前几年我遇到她，谈起这回事，问她：“您现在还能把腿抬得那样高么？”她笑笑说：“不行了！”我想再练练功，她许还行。

赵燕侠快六十了，还能唱，嗓子还那么好。

我是怎样和戏曲结缘的

有一位老朋友，三十多年不见，知道我在京剧院工作，很诧异，说："你本来是写小说的，而且是有点'洋'的，怎么会写起京剧来呢？"我来不及和他详细解释，只是说："这并不矛盾。"

我们家乡是个小县城，没有什么娱乐。除了过节，到亲戚家参加婚丧庆吊，便是看戏。小时候，只要听见哪里锣鼓响，总要钻进去看一会儿。

我看过戏的地方很多，给我留下较深的印象的，是两处。

一处是螺蛳坝。坝下有一片空场子。刨出一些深坑，植上粗大的杉篙，铺了木板，上面盖一个席顶，这便是戏台。坝前有几家人家，织芦席的、开茶炉的……门外都有相当宽绰的瓦棚。这些瓦棚里的地面用木板垫高了，摆上长凳，这便是"座"。——不就座的就都站在空地上仰着头看。有一年请来一个比较整齐的戏班子。戏台上点了好几盏雪亮的汽灯，灯光下只见那些簇新的行头，五颜六色、金光闪闪，煞是好看。除了《赵颜借寿》《八百八年》等开锣吉祥戏，正戏都唱了些什么，我已经模糊了。印象较真切的，是一出《小放牛》，一出《白水滩》。我喜欢《小放牛》的村姑的一身装束，唱词我也大部分能听懂。像"我用手一指，东指西指，南指北指，杨柳树上挂着一个大招牌……""杨柳树上挂着一个大招牌”，到现在我还认为写得很美。这是一幅画，提供了一个春风淡荡的恬静的意境。我常想，我自己的唱词要是能写得像这样，我就满足了。《白水滩》这出戏，我觉得别具一种诗意，有一种凄凉的美。十一郎的扮相很美。我写的《大淖记事》里的十一子，和十一郎是有着某种潜在的联系的。可以说，如果我小时候没有看过《白水滩》，就写不出后来的十一子。这个戏班里唱青面虎的花脸很能摔。他能接连摔好多个“踝子”。每摔一个，台下叫好。他就跳起来摘一个“红封”揣进怀里。——台上横拉了一根铁丝，铁丝上挂了好些包着红纸的“封子”，内装铜钱或银角子。凡演员得一个“好”，就可以跳起来摘一封。另外还有一出，是《九更天》。演《九更天》那天，开戏前即将钉板竖在台口，还要由一个演员把一只活鸡拽钉在板上，以示铁钉的锋利。那是很恐怖的。但我对这出戏兴趣不大，一个老头儿，光着上身，抱了一只钉板在台上滚来滚去，实在说不上美感。但是台下可“炸了窝”了！

另一处是泰山庙。泰山庙供着东岳大帝。这东岳大帝不是别人，是《封神榜》里的黄霓。东岳大帝坐北朝南，大殿前有一片很大的砖坪，迎面是一个戏台。戏台很高，台下可以走人。每逢东岳大帝的生日——我记不清是几月了，泰山庙都要唱戏。约的班子大都是里下河的草台班子，没有名角，行头也很旧。旦角的水袖上常染着洋红水的点子——这是演《杀子报》时的“彩”溅上去的。这些戏班，没有什么准纲准词，常常由演员在台上随意瞎扯。许多戏里都无缘无故出来一个老头，一个老太太，念几句数板，而且总是那几句：

人老了，人老了，

人老先从哪块老？

人老先从头上老：

白头发多，黑头发少。

人老了，人老了，

人老先从哪块老？

人老先从牙齿老：

吃不动的多，吃得动的少。

他们的京白、韵白都带有很重的里下河口音。而且很多戏里都要跑鸡毛报：两个差人，背了公文卷宗，在台上没完没了地乱跑一气。里下河的草台班子受徽戏影响很大，他们常唱《扫松下书》。这是一出冷戏，一到张广才出来，台下观众就都到一边喝豆腐脑去了。他们又受了海派戏的影响，什么戏都可以来一段“五音联弹”——“催战马，来到沙场，尊声壮士把名扬……”他们每一“期”都要唱几场《杀子报》。唱《杀子报》的那天，看戏是要加钱的，因为戏里的闻太师要勾金脸。有人是专为看那张金脸才去的。演闻太师的花脸很高大，嗓音也响。他姓颜，观众就叫他颜大花脸。我有一天看见他在后台栏杆后面，勾着脸——那天他勾的是包公，向台下水锅的方向，大声喊叫：“××！打洗脸水！”从他的洪亮的嗓音里，我感觉到草台班子演员的辛酸和满腹不平之气。我一生也忘记不了。

我的大伯父有一架保存得很好的留声机——我们那里叫做“洋戏”，还有一柜子同样保存得很好的唱片。他有时要拿出来听听——

大都是阴天下雨的时候。我一听见留声机响了，就悄悄地走进他的屋里，聚精会神地坐着听。他的唱片里最使我感动的是程砚秋的《金锁记》和杨小楼的《林冲夜奔》。几声小镲，“啊哈！数尽更筹，听残银漏……”杨小楼的高亢脆亮的嗓子，使我感到一种异样的悲凉。

我父亲是个多才多艺的人，他会画画，会刻图章，还会弄乐器。他年轻时曾花了一笔钱到苏州买了好些乐器，除了笙箫管笛、琵琶月琴，连唢呐海笛都有，还有一把拉梆子戏的胡琴。他后来别的乐器都不大玩了，只是拉胡琴。他拉胡琴是“留学生”——跟着留声机唱片拉。他拉，我就跟着学唱。我学会了《坐宫》《起解·玉堂春》《汾河湾》《霸王别姬》……我是唱青衣的，年轻时嗓子很好。

初中，高中，一直到大学一年级时，都唱。西南联大的同学里有一些“票友”，有几位唱得很不错的。我们有时在宿舍里拉胡琴唱戏，有一位广东同学，姓郑，一听见我唱，就骂：“丢那妈！猫叫！”

大学二年级以后，我的兴趣转向唱昆曲。在陶重华等先生的倡导下，云南大学成立了一个曲社，参加的都是云大和联大中文系的同学。我们于是“拍”开了曲子。教唱的主要是陶先生，吹笛的是云大历史系的张中和先生。从《琵琶记·南浦》《拜月记·走雨》开蒙，陆续学会了《游园·惊梦》《拾画·叫画》《哭像》《闻铃》《扫花》《三醉》《思凡》《折柳·阳关》《瑶台》《花报》……大都是生旦戏。偶尔也学两出老生花脸戏，如《弹词》《山门》《夜奔》……在曲社的基础上，还时常举行“同期”。参加“同期”的除同学外，还有校内校外的老师、前辈。常与“同期”的，有陶光（重华）。他是唱“冠生”的，《哭像》《闻铃》均极佳，《三醉》曾受红豆馆主亲传，唱来尤其慷慨淋漓；植物分类学专家吴征镒，他唱老生，实大声洪，能把《弹词》的“九转”一气唱到底，还爱唱《疯僧扫秦》；张宗和和他的夫人孙凤竹常唱《折柳·阳关》，极其细腻；生物系的教授崔芝兰（女），她似乎每次都唱《西楼记》；哲学系教授沈有鼎，常唱《拾画》，咬字讲究，有些过分；数学系教授许宝騄，我的《刺虎》就是他亲授的；我们的系主任罗莘田先生有时也来唱两段；此外，还有当时任航空公司经理的查阜西先生，他兴趣不在唱，而在研究乐律，常带了他自制的十二平均律的钢管笛子来为人伴奏；还有一位世事洞明，人情练达，童心犹在，风趣非常的老人许茹香，每“期”必到。许家是昆曲世家，他能戏极多，而且“能打各省乡谈”，苏州话、扬州话、绍兴话都说得很好。他唱的都是别人不唱的戏，如《花判》《下山》。他甚至能唱《绣襦记》的《教歌》。还有一位衣履整洁的先生，我忘记他的姓名了。他爱唱《山门》。他是个聋子，唱起来随时跑调，但是张宗和先生的笛子居然能随着他一起“跑”！

参加了曲社，我除学了几出昆曲，还酷爱上吹笛——我原来就会吹一点，我常在月白风清之夜，坐在联大“昆中北院”的一棵大槐树暴出地面的老树根上，独自吹笛，直至半夜。同学里有人说：“这家伙是个疯子！”

抗战胜利后，联大分校北迁，大家各奔前程，曲社“同期”也就风流云散了。

一九四九年以后，我就很少唱戏，也很少吹笛子了。

我写京剧，纯属偶然。我在北京市文联当了几年编辑，心里可一直想写东西。那时写东西必须“反映现实”，实际上是“写政策”，必须“下去”，才有东西可写。我整天看稿、编稿，下不去，也就写不成，不免苦闷。那年正好是纪念世界名人吴敬梓，王亚平同志跟我说：“你下不去，就从《儒林外史》里找一个题材编一个戏吧！”我听从了他的建议，就改了一出《范进中举》。这个剧本在文化局戏剧科的抽屉里压了很长时间，后来是王昆仑同志发现，介绍给奚啸伯演出了。这个戏还在北京市戏曲会演中得了剧本一等奖。

我当了右派，下放劳动，就是凭我写过一个京剧剧本，经朋友活动，而调到北京京剧院里来的。一晃，已经二十几年了。人的遭遇，常常是不以自己的意志为转移的。

我参加戏曲工作，是有想法的。在一次齐燕铭同志主持的座谈会上，我曾经说：“我搞京剧，是想来和京剧闹一阵别扭的。”简单地说，我想把京剧变成“新文学”。更直截了当地说：我想把现代思想和某些现代派的表现手法引进到京剧里来。我认为中国的戏曲本来就和西方的现代派有某些相通之处。主要是戏剧观。我认为中国戏曲的戏剧观和布莱希特以后的各流派的戏剧观比较接近。戏就是戏，不是生活。中国的古代戏曲有一些西方现代派的手法（比如《南天门》《乾坤福寿镜》《打棍出箱》《一匹布》……）只是发挥得不够充分。我就是想让它得到更多的发挥。我的《范进中举》的最后一场就运用了一点心理分析。我刻画了范进发疯后的心理状态，从他小时读书、逃学、应考、不中、被奚落，直到中举，做了主考，考别人：“我这个主考最公道，订下章程有一条：年未满五十，一概都不要，本道不取嘴上无毛！……”我想把传统和革新统一起来，或者照现在流行的话说：在传统与革新之间保持一种张力。

我说了这一番话，可以回答我在本文一开头提到的那位阔别三十多年的老朋友的疑问。

我写京剧，也写小说。或问：你写戏，对写小说有好处吗？我觉得至少有两点。

一是想好了再写。写戏，得有个总体构思，要想好全剧，想好各场。各场人物的上下场，各场的唱念安排。我写唱词，即使一段长到二十句，我也是每一句都想得能够成诵，才下笔的。这样，这一段唱词才是“整”的，有层次，有起伏，有跌宕，浑然一体，我不习惯于想一句写一句。这样的习惯也影响到我写小说。我写小说也是全篇、各段都想好，腹稿已具，几乎能够背出，然后凝神定气，一气呵成。

前几天，有几位从湖南来的很有才华的青年作家来访问我，他们指出一个问题：“您的小说有一种音乐感，您是否对音乐很有修养？”我说我对音乐的修养一般。如说我的小说有一点音乐感，那可能和我喜欢画两笔国画有关。他们看了我的几幅国画，说：“中国画讲究气韵生动，计白当黑，这和‘音乐感’是有关系的。”他们走后，我想：我的小说有“音乐感”么？——我不知道。如果说有，除了我会抹几笔国画，大概和我会唱几句京剧、昆曲，并且写过几个京剧剧本有点关系。有一位评论家曾指出我的小说的语言受了民歌和戏曲的影响，他说得有几分道理。

《玉堂春》

起解前大段反二黄前面苏三和崇公道有几句对白，苏三说："如此老伯前去打点行李，待我辞别狱神，也好趱路"，有些演员把"辞别狱神"改成了"待我辞别辞别"，实在没有必要。原来的念白，让我们知道监狱里有一尊狱神，犯人起解前要拜别狱神，这是规矩。这可以使后来的观众了解一点监狱的情况，这个细节是很真实的。而且苏三的唱词是向狱神的祷告，这样苏三此时的思想情绪，她的忧虑和希望，也才有个倾诉的对象。改成"辞别辞别"，跟谁辞别？跟同监的难友？但唱词不像和难友的交流。

去掉狱神，想必因为这是迷信。怎么会是迷信呢？狱神是客观存在。这出戏并未渲染神的灵验，不是宣传迷信。五十年代改戏，往往有这种简单化的做法，一提到神、鬼，就一刀切掉，结果是损伤了生活的真实。

起解唱词好像有点前后矛盾。"苏三离了洪洞县，将身来在大街前"，已经离了洪洞县了，怎么又来在大街前呢？前面唱过"离了洪洞县"了，后面怎么又唱"低头出了洪洞县境"？只能这样解释："离了洪洞县"是离了洪洞县衙，"低头出了洪洞县境"是出了洪洞县城。大街是十字街，这样苏三才能跪在当街，求人带信给王金龙。出了城，来往的人少了，崇公道才能给苏三把刑枷去掉。这是合理的。洪洞县在太原南面，苏三、崇公道出的是洪洞县北门。我曾到洪洞县看过（假定苏三故事是出在洪洞县的），地理方向大致不错。

流水板唱词有两句：“人言洛阳花似锦，偏我来时不逢春。”很多人不解所谓。这里不是洛阳，也没有花。这是罗隐的诗。苏三唱此，只是说不凑巧而已。罗隐诗很通俗，苏三读过或唱过，即景生情，移用成句，是有可能的。

西皮慢板第三四句的唱词原来是“想当初在院中缠头似锦”改成了“艰苦受尽”。“缠头似锦”和“罪衣罪裙”是今昔对比。“艰苦受尽”和“罪衣罪裙”在意思上是一顺边。改戏的人大概以为凡是妓女，都是很“艰苦”的，但是玉堂春是身价很高的名妓呀！或者以为苏三不应该留恋过去的生活，她应该控诉旧社会！

《玉堂春》（三堂会审）是一场非常别致的戏。京剧编剧有两大忌讳。一是把演过的情节再唱一遍，行话叫做“倒粪”；一是没有动作，光是一个人没完没了地唱。“玉堂春”敢冒不韪，知难而进。苏三把过去的事情从头至尾历数了一遍。唱词层次非常清楚。唱腔和唱词情绪非常吻合。这场戏运用了西皮的全部板式，起伏跌宕，有疾有徐，极为动听。“玉堂春”和“四郎探母”的唱腔是京剧唱腔的两大杰作。苏三的外部动作不多，但是内心活动很丰富。整场戏就是一个人跪在下面唱，三个问官坐在上面听，但是四个人都随时在交流，一丝不懈。这样的处理，在全世界的戏剧中实为仅见。戏曲十分重视演员和观众的交流。这场戏有一个聪明的调度——“脸朝外跪”。本来朝上回话，哪有背向问官的道理呢？这是为了使观众听得真凿，看得清楚。这跟“四郎探母”的“打坐向前”是一个道理。无缘无故的，叫丫环打坐向前干什么？

《玉堂春》有两句白和唱：“头一个开怀是哪一个？”——“十六岁开怀是那王……王公子。”有人把“开怀”改成了“结交”。这是干什么？“开怀”是妓院里的行话，也并不“牙碜”。下面还有两句唱“不顾腌臜怀中抱，在神案底下叙一叙旧情”。一个演员唱这出戏，把这两句删掉了，想是因为这是黄色。一个妓女这样表达感情，是很自然的。只要演唱得不过于绘形绘色，我看没有什么不可以。

《玉堂春》是谁改的？可能是朱熹。

《四进士》

两个差人受田伦之命到信阳州道台衙门顾读处下书行贿，住在宋士杰店中。宋士杰偷拆了书信，套写在衣襟之上。第二天早晨，差人起来，跟宋士杰说：“跟您借一样东西”，宋士杰接口就说：“敢莫是坛子？”旧时行贿，不能大明大白把银子送去，多是把银子放在酒坛里，装着送的是酒，好遮人耳目。这一套，宋士杰门儿清，所以立即就问：“敢莫是坛子？”这一细节，表现出宋士杰对官场积弊了如指掌，是个成了精的老吏。两个差人回了一句：“你倒是老在行！”这里，差人应该有点表演，先表现出惊愕，再表现心照不宣。宋士杰微微一笑。这样这个细节才突出。通常演出，差人无表情，只是平平说过。这样这个细节就“兀突”了。演差人的两个丑角大概也不知道这是什么意思。剧作者表现宋士杰的性格的这一小小闲笔也就被观众忽略了，可惜!

顾读的师爷上场念了一副对子：“清早起来冷嗖嗖，吃了泡饭热呵呵。”许多演师爷的丑角演员只是随师傅照葫芦画瓢地念，不知念的是什么。师爷是绍兴人，念的是绍兴话。早上起来吃泡饭，这也很有绍兴特点。师爷拿走田伦贿赂顾读的银子，唱了两句：“三百两银子到我手，管他丢官不丢官！”曲调是绍兴高调。从前上海有个专演师爷的丑，唱这两句绍兴味很足。这位演员在下场前还有几句念白：“我拿了银子回家去卖霉干菜去哉！”霉干菜是绍兴特产，上海人多知道，所以听了都大笑。北京观众无此反应。

从前唱丑的都要会说几种方言。比如《荡湖船》是要念苏白的。后来唱丑的大都不会了。只有《打砂锅》还念山西话，《野猪林》里的解差说山东话。丑应该会说几个省的方言，否则叫什么丑呢。

戏曲不像电影、小说那样要有很多的细节。传统戏曲似乎不大注重细节描写。但是也不尽然。

《武家坡》。薛平贵在窑外把往事和夫妻分别后的过程述说了一遍，王宝钏相信确是自己的丈夫回来了，开开窑门重相见：

王宝钏（唱）：

开开窑门重相见，

我丈夫哪有五绺髯？

薛平贵（唱）：

少年子弟江湖老，

红粉佳人两鬓斑。

三姐不信菱花照，

不似当年在彩楼前。

王宝钏（唱）：

寒窑哪有菱花镜？

薛平贵（白）：

水盆里面——

王宝钏（接唱）：

水盆里面照容颜。

（夹白）：老了！

（接唱）：

老了老了真老了，

十八年老了我王宝钏！

“十八年老了我王宝钏”，一句平常的话中含几许辛酸！这里有一个非常精彩的细节：水盆里面照容颜。如果没有这个细节，戏是还能进行下去的。王宝钏可以这样唱：

菱花镜内来照影，

十八年老了我王宝钏！

然而感情上就差得多了。可以说王宝钏的满腹辛酸完全是水盆照影这个细节烘托出来的。寒窑里没有镜子，只能于水盆中照影，王宝钏十八年的苦况，可想而知。征人远出不归，她也没有心思照照自己的模样，她不需要镜子！这个细节是有非常丰富的内涵的。薛平贵的插白也写得极好，只有四个字：“水盆里面”，这只是半句话。简短峭拔，增加了感情色彩，也很真实。如果写成一个完整的句子，文气就“懈”了。传统老戏的唱念每有不可及处，不可一概贬之曰：“水。”

通过细节刻画人物，深挖感情的例子还有。比如《四进士》，比如《打渔杀家》萧恩父女出门时的对话，比如《三娘教子》老薛保打草鞋为小东人挣夜读的灯油……

这些细节都是从生活中来的。情节可以虚构，细节则只有从生活中来。细节是虚构不出来的。细节一般都是剧作者从自己的生活感受中直接提取的。写《武家坡》的人未必知道王宝钏是否真的没有一面镜子，他并没有王宝钏的生活，但是贫穷到没有镜子，只能于水盆中照影，剧作者是一定体验过或观察过这样的生活的，他把自己的生活经验设身处地地加之于王宝钏的身上了。从上述几例，也可说明：写历史剧也需要生活。一个剧作者自己的生活（现代生活）的积累越多，写古人才会栩栩如生。

细节，或者也可叫作闲文。然而传神阿堵，正在这些闲中着色之处。善写闲文，斯为作手。

苏三、宋士杰和穆桂英

洪洞县的出名，是因为有了京剧《玉堂春》。“苏三离了洪洞县”，凡有井水处都有人会唱，至少听过。我到山西，曾特为到洪洞县去弯了一趟，去看苏三遗迹。

一位本地研究苏三传说的专家陪着我们参观。进了县政府的大堂，这位专家告诉我们：苏三就是在这里受审的。他还指了一块方砖，说：她就跪在这块砖上回话的。他说苏三的案卷原来还保存在县里，后来叫一个国民党军官拿走了。

我们参观了苏三监狱。这是一座很小的监狱。监门只有普通人家的独扇门那样大。门头上画着一个老虎脑袋，这就是所谓“狴犴”了。进门，外边是男监。往里走，过一个窄胡同，是女监。女监是一个小院子，除了开门的一边，三间都有监号。专家指指靠北朝南的一个号子，说苏三就是关在这里的。院子当中有一口井，不大，青石井栏。据说苏三就是从这口井里汲水洗头洗脸洗衣裳的。井栏的内圈已经叫井绳磨出一道一道很深的沟槽。没有几百年的功夫，是磨不出这样的沟的。这座监狱据说明朝就有，这是全国保存下来少数明代监狱里的一个，这是有记载可查的。如果有一个苏三，苏三曾蹲过洪洞县的监狱，那么便只能是在这里。苏三从这口井里汲水，这想象很美，同时不能不引起人的同情。

我们还去参观赵监生买砒霜的药铺。当年盛砒霜的药罐还在，白地青花，陈放在柜台的一头，下面垫了一块红布——那当然是为了引人注目。这家药帮是明代就有的。砒霜是剧毒，盛砒霜的罐子是不能随便倒换的。如果有一个赵监生，他来买过砒霜，那么便只有取之于这个药罐。据我的一点关于瓷器的知识，这倒真是明青花。

据说洪洞县过去是禁演《玉堂春》的，因为戏里有一句“洪洞县内无好人”。洪洞县的人真可爱，何必那样认真呢？有人曾著文考证，力辟苏三监狱之无稽，苏三根本不是历史人物，《玉堂春落难逢夫》纯属小说家言，关于苏三的遗迹都是附会。这些有考据癖的先生也很可爱，何必那样认真呢？洪洞县的人愿意那样相信，你就让他相信去得了嘛！

河南信阳州宋士杰开的店原来还在，店门的门槛是铁的。铁门槛，这很有意思！这当然也是附会。

如果都认真考据，那就没完了。山海关外有多少穆桂英的点将台？几乎凡有一块比较平整的大石头，都是穆桂英的点将台！

老百姓相信许多虚构的戏曲人物是真有的，他们附会出许多戏曲人物的古迹，并且相信。这反映了市民和农民的爱憎。这是民族心理结构的一个层次，我们应该重视、研究。不只是“姑妄听之”而已。这一点，倒是可以认一点真。

随笔偶得，杂谈文化

人／间／有／趣

我年轻时就很喜欢桑德堡的诗，特别是那首《雾》。我去参观桑德堡的故居，在果园里发现两棵凤仙花，我很兴奋，觉得很亲切，问陪同我们参观的一位女士："这是什么花？"她说："不知道。"在中国到处都有的花，美国人竟然不认识。

美国也有菊花，我所见的只有两种，紫红色的和黄色的，都是短瓣，头状花序。没有卷瓣的、管瓣的、长瓣的、抱成一个圆球的。当然更不会有"懒梳妆""十丈珠帘""晓色""墨菊"……这样许多名目。美国的插花以多为胜，一大把，插在一个广口玻璃瓶里，不像中国讲究花、叶、枝、梗，倾侧取势，互相掩映。

美国也有荷花，但美国人似乎并不很欣赏。他们没有读过周敦颐的《爱莲说》，不懂得什么"香远益清""出淤泥而不染"。

美国似乎没有梅花。有一个诗人翻译中国诗，把梅花译成了杏花。美国人不了解中国人为什么那样喜爱梅花。他们不懂得"疏影横斜水清浅，暗香浮动月黄昏"。不懂得这样的意境，不懂得中国人欣赏花，是欣赏花的高洁，欣赏在花之中所寄寓的人格的美。

中国和西方的审美观念是有很大的不同的。

比较起来，中国对西方的了解比西方对中国的了解要多一些。

我在芝加哥参观美术馆，正赶上专题绘画展览，我看了莫奈、梵高、毕加索的原作，很为惊异，我自信我对莫奈、梵高、毕加索是能看懂的，会欣赏的。

我看了亨利摩尔的雕塑，不觉得和我有不可逾越的距离。

但是西方对中国艺术却是相当陌生的。

中国“昭陵六骏”的“拳毛騧”“飒露紫”都在美国的费城大学博物馆，我曾特意去看过，真了不起！可是除我之外，没有别人驻足赞叹。

波士顿博物馆陈列着两幅中国名画，关仝的《雪山行旅图》和传宋徽宗摹张萱《捣练图》。《雪山行旅图》气势雄伟，《捣练图》线条劲细，彩墨如新，堪称中国的国宝。但是美国参观的人似乎不屑一顾。

要一般外国人学会欣赏中国的书法，真是太难了，让他们体会王羲之和王献之有什么不同，那是绝对办不到的。

文学上也如此。

中国人对美国的作家，从惠特曼、霍桑、马克·吐温，到斯坦倍克、海明威……都是相当熟悉的。尤其是海明威。不少中国作家是受了海明威的影响的，包括我。但是美国人知道几个中国作家？有多少人知道鲁迅、沈从文？这公平么？

是不是中国作家水平低，不见得吧？拿沈从文来说，他的作品比日本川端康成总还要高一些吧！但是川端康成得了诺贝尔奖，沈从文却一直未获提名通过。这公平么？

中国文学没有在世界范围内得到公平的评价，一方面是因为缺乏了解，另一方面，不能不说，全世界的文学界对中国文学存在着偏见。有人甚至说：“中国无文学”，这不仅是狂妄，而且是无知！

我在国外时间极短，与一般华人接触甚少，不能了解他们的心态。与在国外的文化、文学工作者也少交谈。但我可以体会，在不公平的、存偏见的环境中，华人作家、艺术家，他们的心情是寂寞的，而且充满了无可申说的愤懑。

谁教咱们是中国人呢！

普通而又独特的语言

鲁迅的《高老夫子》中高尔础说："女学堂越来越不像话，我辈正经人确乎犯不着和他们酱在一起。"（手边无鲁迅集，所引或有出入）"酱"字甚妙。如果用北京话说"犯不着和他们一块掺和"，味道就差多了。沈从文的小说，写一个水手，没有钱，不能参加赌博，就"镶"在一边看别人打牌。"镶"字甚妙。如果说是"靠"在一边，"挤"在一边，就失去原来的味道。"酱"字、"镶"字，大概本是口语，绍兴人（鲁迅是绍兴人）、凤凰人（沈从文是湘西凤凰人），大概平常就是这样说的。但是在文学作品里没有人这样用过。

屠格涅夫的散文诗写伐木，有句云"大树缓慢地、庄重地倒下了"。"庄重"不仅写出了树的神态，而且引发了读者对人生的深沉、广阔的感慨。

阿城的小说里写"老鹰在天上移来移去"，这非常准确。老鹰在高空，是看不出翅膀搏动的，看不出鹰在"飞"，只是"移来移去"。同时，这写出了被流放在绝域的知青的寂寞的心情。

我曾经在一个果园劳动，每天下工，天已昏暗，总有一列火车从我们的果园的"树墙子"外面驰过，车窗的灯光映在树墙子上，我一直想写下这个印象。

有一天，终于抓住了。

> 车窗蜜黄色的灯光连续地映在果树东边的树墙子上，一方块，一方块，川流不息地追赶着……

“追赶着”，我自以为写得很准确。这是我长期观察、思索，才捕捉到的印象。

好的语言，都不是奇里古怪的语言，不是鲁迅所说的“谁也不懂的形容词之类”，都只是平常普通的语言，只是在平常语中注入新意，写出了“人人心中所有，而笔下所无”的“未经人道语”。

平常而又独到的语言，来自于长期的观察、思索、捉摸。

读诗不可抬杠

苏东坡《崇惠小景》诗云：“春江水暖鸭先知”，这是名句，但当时就有人说：“鸭先知，鹅不能先知耶？”这是抬杠。

林和靖咏梅诗：“疏影横斜水清浅，暗香浮动月黄昏”，是千古名句。宋代就有人问苏东坡，这两句写桃、杏亦可，为什么就一定写的是梅花？东坡笑曰：“此写桃杏诚亦可，但恐桃杏不敢当耳！”

有人对“红杏枝头春意闹”有意见，说：“杏花没有声音，‘闹’什么？”“满宫明月梨花白”，有人说：“梨花本来是白的，说它干什么？”跟这样的人没法谈诗。但是，他可以当副部长。

想象

闻宋代画院取录画师，常出一些画题，以试画师的想象力。有些画题是很不好画的。如“踏花归去马蹄香”，“香”怎么画得出？画师都束手。有一画师很聪明，画出来了。他画了一个人骑了马，两只蝴蝶追随着马蹄飞。“深山藏古寺”，难的是一个“藏”字，藏就看不见了，看不见，又要让人知道有一座古寺在深山里藏着。许多画师的画都是在深山密林中露一角檐牙，都未被录取。有一个画师不画寺，画了一个小和尚到山下溪边挑水。和尚来挑水，则山中必有寺矣。有一幅画画昨夜宫人饮酒闲话。这是“昨夜”的事，怎么画？这位画师画了一角宫门，一大早，一个宫女端着笸箩出来倒果壳，荔枝壳、桂圆壳、栗子壳、鸭脚（银杏）壳……这样，宫人们昨夜的豪华而闲适的生活可以想见。

老舍先生曾点题请齐白石画四幅屏条，有一条求画苏曼殊的一句诗：“蛙声十里出山泉。”这很难画。“蛙声”，还要从十里外的山泉中出来。齐老人在画幅两侧用浓墨画了直立的石头，用淡墨画了一道曲曲弯弯的山泉，在泉水下边画了七八只摆尾游动的蝌蚪。真是亏他想得出！

艺术，必须有想象，画画是这样，写文章也是这样。

文章滥贱，书价腾踊。我已经有好多年不买书了。这一半也是因为房子太小，买了没有地方放。年轻时倒也有买书的习惯。上街，总要到书店里逛逛，挟一两本回来。但我买的，大都是便宜的书。读廉价书有几样好处：一是买得起，掏出钱时不肉痛；二是无须珍惜，可以随便在上面圈点批注；三是丢了就丢了，不心疼。读廉价书亦有可记之事，爰记之。

一折八扣书

一折八扣书盛行于三十年代。中学生所买的大都是这种书。一折，而又打八扣，即定价如是一元，实售只是八分钱。当然书后面的定价是预先提高了的。但是经过一折八扣，总还是很便宜的。为什么不把定价压低，实价出售，而用这种一折八扣的办法呢，大概是投合买书人贪便宜的心理：这差不多等于白给了。

一折八扣书多是供人消遣的笔记小说，如《子不语》《夜雨秋灯录》《续齐谐》，等等。但也有文笔好、内容有意思的，如余澹心的《板桥杂记》、冒辟疆的《影梅庵忆语》。也有旧诗词集，我最初读到的《漱玉词》和《断肠词》就是这种一折八扣本。《断肠词》的样子我到现在还记得，封面是砖红色的，一侧画一枝滴下两滴墨水的羽毛笔。一折八扣书都很薄，但也有较厚的，《剑南诗钞》即是相当厚的两本。这书的封面是米黄色的铜版纸，王西神题签。这在一折八扣书中是相当贵的了。

星期天，上午上街，买买东西（毛巾、牙膏、袜子之类），吃一碗脆鳝面或辣油面（我读高中在江阴，江阴的面我以为是做得最好的，真是细若银丝，汤也极好）、几只猪油青韭馅饼（满口清香），到书摊上挑一两本一折八扣书，回校。下午躺在床上吃粉盐豆（江阴的特产），喝白开水，看书，把三角函数、化学分子式暂时都忘在脑后，考试、分数，于我何有哉，这一天实在过得蛮快活。

一折八扣书为什么卖得如此之贱？因为成本低。除了垫出一点纸张油墨，就不须花什么钱。谈不上什么编辑，选一个底本，排印一下就是。大都只是白文，无注释，多数连标点也没有。

我倒希望现在能出这种无前言后记，无注释、评语、考证，只印白文的普及本的书。我不爱读那种塞进长篇大论的前言后记的书，好像被人牵着鼻子走。读了那样板着面孔的前言和啰嗦的后记，常常叫人生气。而且加进这样的东西，书就卖得很贵了。

扫叶山房

扫叶山房是龚半千的斋名，我在南京，曾到清凉山看过其遗址。但这里说的是一家书店。这家书店专出石印线装书，白连史纸，字颇小，但行间加栏，所以看起来不很吃力。所印书大都几册作一部，外加一个蓝布函套。挑选的都是内容比较严肃、有一定学术价值的古籍，这对于置不起善本的想做点学问的读书人是方便的。我不知道这家书店的老板是何许人，但是觉得是个有心人，他也想牟利，但也想做一点于人有益的事。这家书店在什么地方，我不记得了，印象中好像在上海四马路。扫叶山房出的书不少，嘉惠士林，功不可泯。我希望有人调查一下扫叶山房的始末，写一篇报告，这在中国出版史上将是有意思的一笔，虽然是小小的一笔。

我买过一些扫叶山房的书，都已失去。前几年架上有一函《景德镇陶录》，现在也不知去向了。

旧书摊

昆明的旧书店集中在文明街，街北头路西，有几家旧书店。我们和这几家旧书店的关系，不是去买书，倒是常去卖书。这几家旧书店的老板和伙计对于书都不大内行，只要是稍微整齐一点的书，古今中外、文法理工，都要，而且收购的价钱不低。尤其是工具书，拿去，当时就付钱。我在西南联大时，时常断顿，有时日高不起，拥被坠卧。朱德熙看我到快十一点钟还不露面，便知道我午饭还没有着落，于是挟了一本英文字典，走进来，推推我：“起来起来，去吃饭！”到了文明街，出脱了字典，两个人便可以吃一顿破酥包子或两碗焖鸡米线，还可以喝二两酒。

工具书里最走俏的是《辞源》。有一个同学发现一家书店的《辞源》的收售价比原价要高出不少，而拐角的商务印书馆的书架就有几十本崭新的《辞源》，于是以原价买到，转身即以高价卖给旧书店。他这种搬运工作干了好几次。

我应当在昆明旧书店也买过几本书，是些什么书，记不得了。

在上海，我短不了逛逛旧书店。有时是陪黄裳去，有时我自己去。也买过几本书。印象真凿的是买过一本英文的《威尼斯商人》。其时大概是想好好学学英文，但这本《威尼斯商人》始终没有读完。

我倒是在地摊上买到过几本好书。我在福煦路一个中学教书。有一个工友，姑且叫他老许吧，他管打扫办公室和教室外面的地面，打开水，还包几个无家的单身教员的伙食。伙食极简便，经常提供的是红烧小黄鱼和炒鸡毛菜。他在校门外还摆了一个书摊。他这书摊是名副其实的“地摊”，连一块板子或油布也没有，书直接平摊在人行道的水泥地上。老许坐于校门内侧，手里做着事，择菜和清除洋铁壶的水碱，一面拿眼睛向地摊上瞟着。我进进出出，总要蹲下来看看他的书。我曾经买过他一些书——那是和烂纸的价钱差不多的，其中值得纪念的有两本。一本是张岱的《陶庵梦忆》，这本书现在大概还在我家不知哪个角落里。一本在我来说，是很名贵的：万有文库汤显祖评本《董解元西厢记》。我对董西厢一直有偏爱，以为非王西厢所可比。汤显祖的批语包括眉批和每一出的总批，都极精彩。这本书字大、纸厚，汤评是照手书刻印的。汤显祖字似欧阳率更《张翰贴》，秀逸处似陈老莲，极可爱。我未见过临川书真迹，得见此影印刻本，而不禁神往不置。“万有文库”算是什么稀罕版本呢？但在我这个向不藏书的人，是视同珍宝的。这书跟随我多年，约十年前为人借去不还，弄得我想引用汤评时，只能于记忆中得其仿佛，不胜怅怅！

小镇书遇

我戴了右派帽子，下放张家口沙岭子劳动。沙岭子是宣化至张家口之间的一个小站。这里有一个镇，本地叫做“堡”（读如“捕”）。每遇星期天、节假日，没有什么地方可去，我们就去堡里逛逛。堡里有一个供销社（卖红黑灯芯绒、凤穿牡丹被面、花素直贡呢，动物饼干、果酱面包、油盐酱醋、韭菜花、青椒糊、臭豆腐），一个山货店，一个缝纫社，一个木业生产合作社，一个兽医站。若是逢集，则有一些卖茄子、辣椒、疙瘩白的菜担，一些用绳络网在筐里的小猪秧子。我们就怀了很大的兴趣，看凤穿牡丹被面、看铁锅、看扫帚、看茄子、看辣椒、看猪秧子。

堡里照例还有一个新华书店。充斥于书架上的当然是《毛选》，此外还有些宣传计划生育的小册子、介绍化肥农药配制的科普书、连环画《智取威虎山》《三打白骨精》。有一天，我去逛书店，忽然在一个书架的最高层发现了几本书：《梦溪笔谈》《容斋随笔》《癸巳类稿》《十驾斋养新录》。我不无激动地搬过一张凳子，把这几册书抽下来，请售货员计价。售货员把我打量了一遍，开了发票。

“你们这个书店怎么会进这样的书？”

“谁知道！也除是你，要不然，这几本书永远不会有人要。”

不久，我结束劳动，派到县上去画马铃薯图谱。我就带了这几本书，还有一套郭茂倩的《乐府诗集》，到沽源去了。白天画图谱，夜晚灯下读书，如此“右派”，当得！

这几本书是按原价卖给我的，不是廉价书。但这是早先的定价，故不贵。

鸡蛋书

赵树理同志曾希望他的书能在农村的庙会上卖，农民可以拿几个鸡蛋来换。这个理想一直未见实现。用实物换书，有一定困难，因为鸡蛋的价钱是涨落不定的。但是便宜到只值两三个鸡蛋，这样的书原先就有过。

我家在高邮北市口开了一爿中药店万全堂。万全堂的廊下常年摆着一个书摊。两张板凳支三块门板，“书”就一本一本地平放在上面。为了怕风吹跑，用几根削方了的木棍横压着。摊主用一个小板凳坐在一边，神情古朴。这些书都是唱本，封面一色是浅紫色的很薄的标语纸的，上面印了单线的人物画，都与内容有关，左边留出长方的框，印出书名：《薛丁山征西》《三请樊梨花》《李三娘挑水》《孟姜女哭长城》……里面是白色有光纸石印的“文本”，两句之间空一字，念起来不易串行。我曾经跟摊主借阅过。一本“书”一会儿就看完了，因为只有几页，看完一本，再去换。这种唱本几乎千篇一律，开头总是：“自从盘古开天地，三皇五帝到如今”，三皇五帝是和什么故事都挨得上的。唱词是没有多大文采的，但却文从字顺，合辙押韵（七字句和十字句）。当中当然有许多不必要的“水词”。老舍先生曾批评旧曲艺有许多不必要的字，如“开言有语叫张生”，“叫张生”就得了嘛，干嘛还要“开言”还“有语”呢？不行啊，不这样就凑不足七个字，而且韵也押不好。这种“水词”在唱本中比比皆是，也自成一种文理。我倒想什么时候有空，专门研究一下曲艺唱本里的“水词”。不是开玩笑，我觉得我们的新诗里所缺乏的正是这种“水词”，字句之间过于拥挤，这是题外话。我读过的唱本最有趣的一本是《王婆骂鸡》。

这种唱本是卖给农民的。农民进城，打了油，撕了布，称了盐，到万全堂买了治牙疼的“过街笑”、治肚子疼的暖脐膏，顺便就到书摊上翻翻，挑两本，放进捎码子，带回去了。

农民拿了这种书，不是看，是要大声念的。会唱《送麒麟》《看火戏》的还要打起调子唱。一人唱念，就有不少人围坐静听。自娱娱人，这是家乡农村的重要文化生活。

唱本定价一百二十文左右，与一碗宽汤饺面相等，相当于三个鸡蛋。

这种石印唱本不知是什么地方出的（大概是上海），曲本作者更不知道是什么人。

另外一种极便宜的书是“百本张”的鼓曲段子。这是用毛边纸手抄的，折叠式、不装订，书面写出曲段名，背后有一方长方形的墨印“百本张”的印记（大小如豆腐干）。里面的字颇大，是蹩脚的馆阁体楷书，而皆微扁。这种曲本是在庙会上卖的。我曾在隆福寺买到过几本。后来，就再看不见了。这种唱本的价钱，也就是相当于三个鸡蛋。

附带想到一个问题。北京的鼓词俗曲的资料极为丰富，可是一直没有人认真地研究过。孙楷第先生曾编过俗曲目录，但只是目录而已。事实上这里可研究的东西很多，从民俗学的角度，从北京方言角度，当然也从文学角度，都很值得钻进去，搞十年八年。一般对北京曲段多只重视其文学性，重视罗松窗、韩小窗，对于更俚俗的不大看重。其实有些极俗的曲段，如“阔大奶奶逛庙会”“穷大奶奶逛庙会”，单看题目就知道是非常有趣的。车王府有那么多曲本，一直躺在首都图书馆睡觉，太可惜了！

谈读杂书

我读书很杂，毫无系统，也没有目的。随手抓起一本书来就看。觉得没意思，就丢开。我看杂书所用的时间比看文学作品和评论的要多得多。常看的是有关节令风物民俗的，如《荆楚岁时记》《东京梦华录》。其次是方志、游记，如《岭表录异》《岭外代答》。讲草木虫鱼的书我也爱看，如法布尔的《昆虫记》，吴其濬的《植物名实图考》《花镜》。讲正经学问的书，只要写得通达而不迂腐的也很好看，如《癸巳类稿》。《十驾斋养新录》差一点，其中一部分也挺好玩。我也爱读书论、画论。有些书无法归类，如《宋提刑洗冤录》，这是讲验尸的。有些书本身内容就很庞杂，如《梦溪笔谈》《容斋随笔》之类的书，只好笼统地称之为笔记了。

读杂书至少有以下几种好处：第一，这是很好的休息。泡一杯茶懒懒地靠在沙发里，看杂书一册，这比打扑克要舒服得多。第二，可以增长知识，认识世界。我从法布尔的书里知道知了原来是个聋子，从吴其濬的书里知道古诗里的葵就是湖南、四川人现在还吃的冬苋菜，实在非常高兴。第三，可以学习语言。杂书的文字都写得比较随便，比较自然，不是正襟危坐，刻意为文，但自有情致，而且接近口语。一个现代作家从古人学语言，与其苦读《昭明文选》、“唐宋八家”，不如多看杂书。这样较易融入自己的笔下。这是我的一点经验之谈。青年作家，不妨试试。第四，从杂书里可以悟出一些写小说、写散文的道理，尤其是书论和画论。包世臣《艺舟双楫》云："吴兴书笔，专用平顺，一点一画，一字一行，排次顶接而成。古帖字体，大小颇有相径庭者，如老翁携幼孙行，长短参差，而情意真挚，痛痒相关。吴兴书如士人入隘巷，鱼贯徐行，而争先竞后之色，人人见面，安能使上下左右空白有字哉！"他讲的是写字，写小说、散文不也正当如此吗？小说、散文的各部分，应该"情意真挚，痛痒相关"，这样才能做到"形散而神不散"。

有意思的错字

文章排出了错字，在所难免。过去叫做“平民误植”。有些经常和别的字组成一个词的字，最易排错，如“不乏”常被排成“不缺”，这大概是因为“缺乏”在字架上是放一起的，捡字的时候，一不留神就把邻居夹出来了。有的是形近而讹。比如何其芳同志的一篇文章里的“无论如何”被排成了“天论如何”。一位学者曾抓住这句话做文章，把何其芳嘲笑了一顿。其实这位学者只要稍想一想，就知道这里有错字。何其芳何至于写出“天论如何”这样的句子呢？难怪何其芳要反唇相讥了。人刻薄了不好。双方论辩，不就对方的论点加以批驳，却在人家的字句上挑刺儿，显得不大方。——何况挑得也不是地方。这真是仰面唾天，唾沫却落在自己的脸上了。不知道排何其芳文章的工人同志看到他们争论的文章没有。如果看到，一定会觉得好笑的。

有错字不要紧。但是，周作人曾说过：不怕错得没有意思，那是读者一看就知道，这里肯定有错字的；最怕是错得有意思。这种有意思的错字往往不是“平民”误植出来的，而是编辑改出来的。邓友梅的《那五》几次提到“沙锅居”，发表出来，却改成了“沙锅店”。友梅看了，只有苦笑。处理友梅的稿子的编辑肯定没有在北京住过，也没有吃过沙锅居的白肉。不过这个编辑应该也想一想，卖沙锅的店里怎么能进去吃饭呢？我自己也时常遇到有意思的错字。我曾写过一篇谈沈从文先生的小说的文章，提到沈先生的语言很朴素，但是“这种朴素来自于雕琢”，编辑改成了“来自于不雕琢”。大概他认为“雕琢”是不好的。这样一改，这句话等于不说！我的一篇小说里有一句：“一个人走进他的工作，是叫人感动的”。编辑在“工作”下面加了一个“间”。大概他认为原句不通，人怎么能走进“他的工作”呢？我最近写了一篇谈读杂书的小文章，提到“我从法布尔的书里知道知了原来是个聋子……实在非常高兴”。发表出来，却变成了“我从法布尔的书里知道他原来是个聋子”，这就成了法布尔是个聋子了。法布尔并不聋。而且如果他是个聋子，我又有什么可高兴的呢？阅稿的编辑可能不知道知了即是蝉，觉得“知道知了”读起来很拗口，就提笔改了。这个“他”字加得实在有点鲁莽。

我年轻时发表了文章，发现了错字，真是有如芒刺在背。后来见多了，就看得开些了。不过我奉劝编辑同志在改别人的文章时要慎重一些。我也当过编辑，有一次把一位名家的稿子改得多了点，他来信说我简直像把他的衣服剥光了让他在大街上走。我后来想想，是我不对。我一点不想抹煞编辑的苦劳，有的编辑改文章是改得很好的，包括对我的文章，有时真是“一字师”。我写这篇文章的用意是在息事宁人。编辑细致一些，作者宽容一些，不要因为错字而闹得彼此不痛快。

鼓上蚤和拼命三郎

由“旱地忽律”想到《水浒》一百零八将的绰号。

有的绰号是起得很精彩的，很能写出人物的气质风度，很传神，耐人寻味。

如“鼓上蚤时迁”。曾看过一则小资料，跳蚤是世界动物中跳高的绝对冠军，以它的个头和能跳的高度为比例，没有任何动物能赶得上，这是有数据的。当时想把这则资料剪下来，忙乱中丢失了，很可惜。我所以对这则资料感兴趣，是因为当时就想到“鼓上蚤”。跳蚤本来跳得就高，于鼓上跳，鼓有弹性，其高可知。话说回来，谁见过鼓上的跳蚤？给时迁起这个绰号的人的想象力实在令人佩服。

时迁在《水浒》里主要做了三件事：一偷鸡，二盗甲，三火烧翠云楼。偷鸡无足称，虽然这是武丑的开门戏。写得最精彩的是盗甲。时迁是“神偷”型的人物。中国的市民对于神偷是很崇拜的。凡神偷都有共同的特点，除了身轻、手快，一双锐利的眼睛，更重要的是举重若轻，履险如夷，于间不容发之际能从容不迫。《水浒》写盗甲，一步一步，层次分明，交待清楚。甲到手，时迁“悄悄地开了楼门，款款儿地背着皮匣，下得扶梯，从里面直开到外面来，真是神不知鬼不觉”。“款款地”是不慌不忙的意思，现在山西、张家口还这么说。“款款”下加一“儿”字“款款儿地”，更有韵味。火烧翠云楼是打北京城的一大关目。这两回书都写得不精彩，李卓吾评之曰“不济不济”。时迁放火，写得很马虎。不过我小时看石印本绣像《水浒》，时迁在烈焰腾腾的翠云楼最高一层的檐角倒立着——拿起一把顶，印象还是很深刻的。

时迁在《水浒》里要算个人物，但石碣天书却把他排在地煞星的倒数第二，连白日鼠白胜都在他的前面，后面是毫无作为的“金毛犬段景住”，这实在是委屈了他。

如“拼命三郎石秀”。“拼命”和“三郎”放在一起，便产生一种特殊的意境，产生一种美感。大郎、二郎都不成，就得是三郎。这有什么道理可说呢？大哥笨、二哥憨，只有老三往往是聪明伶俐的。中国语言往往反映出只可意会的、潜在复杂的社会心理。

拼命三郎不止是不怕死，敢拼命，路见不平，拔刀相助，为朋友两肋插刀，更重要的是说他办事爽快，凡事不干则已，干，就干净利落，绝不拖泥带水。这是个工于心计的人，绝不是莽莽撞撞。看他杀胡道，杀海阇黎、杀潘巧云、杀迎儿，莫不经过详实的调查、周密的安排，刀刀见血，下手无情。这个人给人的印象是未免太狠了一点。

石秀上山后无大作为，只是三打祝家庄探路有功，但《水浒》写得也较平淡，倒是昆曲《探庄》给他一个“单出头”的机会。曾见过侯永奎的《探庄》，黑罗帽，黑箭衣，英气勃勃。侯永奎的嗓子奇高而亮，只是有点左，不大挂味，但演石秀，却很对工。

浪子燕青及其他

“浪子燕青”的“浪子”是一个特定概念，指的是风流浪子。张国宝《罗李郎》杂剧：“人都道你是浪子，上长街百十样风流事。”此人一出场，但见：

“六尺以上身材，二十四五年纪，三牙掩口细髯，十分腰细膀阔。……腰间斜插名人扇，鬓畔常簪四季花。”

这个“人物赞”描写如画，在《水浒》诸“赞”之中是上乘。

“这人是北京土居人氏，自小父母双亡，卢员外家中养的他大。为见他一身雪练也是白肉，卢俊义叫一个高手匠人，与他刺了这一身遍体花绣，却似玉亭柱上铺着软翠。若赛锦体，由你是谁，都输与他。不则一身好花绣，那人更兼吹的、弹的、唱的、舞的，拆白道字，顶真续麻，无有不能，无有不会。亦是说的诸路乡谈，省的诸行百艺的市语。更且一身本事，无人比的。拿着一张川弩，只用三枝短箭，郊外落牲，并不放空，箭到物落。晚间入城，少杀也有百十个虫蚁。若赛锦标社，那里利物，管取都是他的。亦且此人百伶百俐，道头知尾，本身姓燕，排行第一，官名单讳个青字，京城里人口顺，都叫他做‘浪子燕青’。”

《水浒》里文身绣体的有两个人。一个是史进，一个是燕青。史进刺的是九纹龙，燕青刺的大概是花鸟。“凤凰踏碎玉玲珑，孔雀斜穿花错落。”“玉玲珑”是什么，曾有人考证过，结论勉强。一说玉玲珑是复瓣水仙。总之燕青刺的花是相当复杂的。史进的绣体因为后来不常脱膊，再没有展示的机会。燕青在东岳庙和任原相扑，脱得只剩一条熟绢水裤儿，浑身花绣毕露，赢得众人喝彩，着实地出了风头。

《水浒传》对燕青真是不惜笔墨，前后共用了一篇赋体的赞，一段散文的叙述，一首《沁园春》，一篇七言古风，不厌其烦。如此调动一切手段赞美一个人物，在全书中绝无仅有。看来作者对燕青是特别钟爱的。

写相扑一回，章法奇特。前面写得很铺张，从燕青与宋江谈话，到燕青装做货郎担儿，唱山东货郎转调歌，到和李逵投宿住店，到用扁担劈了任原夸口的粉牌，到众人到客店张看燕青，到燕青游玩岱岳庙，到往迎恩桥看任原，到相扑献台的布置，到太守劝阻燕青，到“部署”再度劝阻，一路写来，曲折详尽，及至正面写到相扑交手，只几句话就交待了。起得铺张，收得干净，确是文章高手。相扑原是“说时迟，那时快”的事，动作本身，没有多少好写。但是《水浒》的寥寥数语却写得十分精彩。

“……任原看看逼将入来，虚将左脚卖个破绽，燕青叫一声‘不要来！’任原却待奔他，被燕青去任原左肋下穿将过去。任原性起，急转身又来拿燕青，被燕青虚跃一跃，又在右肋下钻过去。大汉转身，终是不便，三换换得脚步乱了。燕青却抢将入去，左手扭住任原，探左手插入任原交裆，用肩胛顶住他胸脯，把任原直托将起来，头重脚轻，借力便旋五旋，到献台边，叫一声‘下去！’，把任原头在下脚在上，直撺下献台来，这一扑名叫‘鹁鸽旋’，数万香官看了，齐声喝彩。”

《容与堂刻本水浒传》于此处行边加了一路密圈，看来李卓吾对这段文字也是很欣赏的。这一段描写实可作为体育记者的范本。

燕青不愧是“浪子”。

《水浒》一百零八人多数的绰号并不是很精彩。宋江绰号“呼保义”，不知是什么意思。龚开的画赞称之曰“呼群保义”，近是“增字解经”。他另有个绰号“及时雨”是个比喻，只是名实不符。宋江并没有在谁遇到困难时给人什么帮助，倒是他老是在危难之际得到别人的解救。“黑旋风李逵”的绰号大概起得较早，元杂剧里就有几出以“黑旋风”为题目的，这个绰号只是说他爱向人多处排头砍去，又生得黑，也形象，但了无余蕴。“霹雳火”只是说这个人性情急躁。“豹子头”我始终不明白是什么意思。倒是“菜园子张青”虽看不出此人有多大能耐，却颇潇洒。

不过《水浒》能把一百零八人都安上一个绰号，配备齐全，也不容易。

绰号是特定的历史时期的文学现象和社会现象。其盛行大概在宋以后、明以前，即《水浒传》成书之时。宋以前很少听到。明以后不绝如缕。如《七侠五义》里的“黑狐狸智化”，窦尔敦“人称铁罗汉”，但在演义小说中不那么普遍。从文学表现手段（虽然这是末技）和社会心理，主要是市民心理的角度研究一下绰号，是有意义的。

创作的随意性

我有一次到中国美术馆看齐白石画展。有一幅尺页，画的是荔枝，其时李可染恰恰在我的旁边，说："这张画我是看着他画的。荔枝是红的，忽然画了两颗黑的，真是神来之笔！"这是"灵机一动"，可以说是即兴，也可以说是创作过程中的随意性。

作画，总得先有个想法，有一片思想，一团感情，一个大体的设计，然后落笔，一般说，都是意在笔先。但也可以意到笔到。甚至笔在意先，跟着感觉走。

叶燮论诗，谓如泰山出云，如果事前想好先出那一朵，后出哪一朵，怎样流动，怎样堆积，那泰山就出不成云了，只是随意而出，自成文章。这说得有点绝对，但是写诗作画，主要靠情绪，不能全凭理智。这是对的。

郑板桥反对"胸有成竹"，说胸中之竹，已非眼中之竹，笔下之竹又非胸中之竹。事实也正是这样，如果把胸中的成竹一枝一叶原封不动地移在纸上，那竹子是画不成的。即文与可也并不如是。文与可的竹子是比较工整的，但也看出有"临场发挥"处，即有随意性。

写字、作诗、作画完成之后，不会和构思时完全一样。"殆其篇成，半折心始"。

也有这样的画家，技巧熟练，对纸墨的性能掌握得很好，清楚地知道，这一笔落到纸上，会有什么样的效果，作画是很理智的。这样的画，虽是创作，实同临摹。

两栖杂述

我是两栖类。写小说，也写戏曲。我本来是写小说的。二十年来在一个京剧院担任编剧。近二三年又写了一点短篇小说。我过去的朋友听说我写京剧，见面时说：“你怎么会写京剧呢？——你本来是写小说的，而且是有点‘洋’的！”他觉得这简直不可思议。有些新相识的朋友，看过我近年的小说后，很诚恳地跟我说：“您还是写小说吧，写什么戏呢！”他们都觉得小说和戏——京剧，是两码事，而且多多少少有点觉得我写京剧是糟蹋自己，为我惋惜。我很感谢他们的心意。有些戏曲界的先辈则希望我还是留下来写戏，当我表示我并不想离开戏曲界时，就很高兴。我也很感谢他们的心意。曹禺同志有一次跟我说：“你还是双管齐下吧！”我接受了他的建议。

我小时候没有想过写戏，也没有想过写小说。我喜欢画画。

我的父亲是个画画的，在我们那个县城里有点名气。我从小就喜欢看他画画。每当他把画画的那间屋子打开（他不常画画），支上窗户，我就非常高兴。我看他研了颜色，磨了墨，铺好了纸；看他抽着烟想了一会，对着雪白的宣纸看了半天，用指甲或笔杆的一头在纸上比划比划，划几个道道，定了一幅画的间架章法，然后画出几个“花头”（父亲是画写意花卉的），然后画枝干、布叶、勾筋、补石、点苔，最后再“收拾”一遍，题款，用印，用按钉钉在壁上，抽着烟对着它看半天。我很用心地看了全过程，每一步都看得很有兴趣。

我从小学到中学，都“以画名”。我父亲有一些石印的和珂罗版印的画谱，我都看得很熟了。放学回家，路过裱画店，我都要进去看看。

高中毕业，我本来是想考美专的。

我到四十来岁还想彻底改行，从头学画。

我始终认为用笔、墨、颜色来抒写胸怀，更为直接，也更快乐。

我到底没有成为一个画家。

到现在我还有爱看画的习惯，爱看展览会。有时兴之所至，特别是运动中挨整的时候，还时常随便涂抹几笔，发泄发泄。

喜欢画，对写小说，也有点好处。一个是，我在构思一篇小说的时候，有点像我父亲画画那样，先有一团情致，一种意向。然后定间架、画“花头”、立枝干、布叶、勾筋……一个是，可以锻炼对于形体、颜色、“神气”的敏感。我以为，一篇小说，总得有点画意。

我是怎样写起小说来的呢?

除了画画，我的“国文”成绩一直很好。从小学五年级到初中三年级，我的国文老师一直是高北溟先生。为了纪念他，我的小说《徙》里直接用了高先生的名字。他的为人、学问和教学的方法也就像我的小说里所写的那样——当然不尽相同，有些地方是虚构的。在他手里，我读过的文章，印象最深的是归有光的《项脊轩志》《先妣事略》。

有几个暑假，我还从韦子廉先生学习过。韦先生是专攻桐城派的。我跟着他，每天背一篇桐城派古文。姚鼐的、方苞的、刘大櫆和戴名世的。加在一起，不下百十篇。

到现在，还可以从我的小说里看出归有光和桐城派的影响。归有光以清淡之笔写平常的人情，我是喜欢的（虽然我不喜欢他正统派思想），我觉得他有些地方很像契诃夫。“桐城义法”，我以为是有道理的。桐城派讲究文章的提、放、断、连、疾、徐、顿、挫，讲“文气”。正如中国画讲“血脉流通”“气韵生动”。我以为“文气”是比“结构”更为内在，更精微的概念，和内容、思想更有有机联系。这是一个很好的、很先进的概念，比许多西方现代美学的概念还要现代的概念。文气是思想的直接的形式。我希望评论家能把“文气论”引进小说批评中来，并且用它来评论外国小说。

我好像命中注定要当沈从文先生的学生。

我读了高中二年级以后，日本人打了邻县，我“逃难”在乡下，住在我的小说《受戒》里所写的小和尚庵里。除了高中教科书，我只带了两本书，一本屠格涅夫的《猎人笔记》，一本上海一家野鸡书店盗印的《沈从文小说选》。我于是翻来覆去地看这两本书。

我到昆明考大学，报了西南联大中国文学系，就是因为这个大学中文系有朱自清先生、闻一多先生，还有沈先生。

我选读了沈先生的三门课：“各体文习作”“中国小说史”和“创作实习”。

我追随沈先生多年，受到教益很多，印象最深的是两句话。

一句是：“要贴到人物来写。”

他的意思不大好懂。根据我的理解，有这样几层意思：

第一，小说是写人物的。人物是主要的，先行的。其余部分都是次要的，派生的。作者要爱所写的人物。沈先生曾说过，对于兵士和农民“怀了不可言说的温爱”。“温爱”，我觉得提得很好。他不说“热爱”，而说“温爱”，我以为这更能准确地说明作者和人物的关系。作者对所写的人物要具有充满人道主义的温情，要有带抒情意味的同情心。

第二，作者要和人物站在一起，对人物采取一个平等的态度。除了讽刺小说，作者对于人物不宜居高临下。要用自己的心贴近人物的心，以人物哀乐为自己的哀乐。这样才能在写作的大部分的过程中，把自己和人物融为一体，语语出自自己的肺腑，也是人物的肺腑。这样才不会作出浮泛的、不真实的、概念的和抄袭借用来的描述。这样，一个作品的形成，才会是人物行动逻辑自然的结果。这个作品是“流”出来的，而不是“做”出来的。人物的身上没有作者为了外在的目的强加于他身上的东西。

第三，人物以外的其他的东西都是附属于人物的。景物、环境，都得服从于人物，景物、环境都得具有人物的色彩，不能脱节，不能游离。一切景物、环境、声音、颜色、气味，都必须是人物所能感受到的。写景，就是写人，是写人物对于周围世界的感觉。这样，才会使一篇作品处处浸透了人物，散发着人物的气息，在不是写人物的部分有人物。

另外一句话是：“千万不要冷嘲。”

这是对于生活的态度，也是写作的态度。我在旧社会，因为生活的穷困和卑屈，对于现实不满而又找不到出路，又读了一些西方的现代派的作品，对于生活形成一种带有悲观色彩的尖刻、嘲弄、玩世不恭的态度。这在我的一些作品里也有所流露。沈先生发觉了这点，在昆明时就跟我讲过；我到上海后，又写信给我讲到这点。他要求的是对于生活的“执着”，要对生活充满热情，即使在严酷的现实面前，也不能觉得“世事一无可取，也一无可为”。一个人，总应该用自己的工作，使这个世界更美好一些，给这个世界增加一点好东西。在任何逆境之中也不能丧失对于生活带有抒情意味的情趣，不能丧失对于生活的爱。沈先生在下放咸宁干校时，还写信给黄永玉，说“这里的荷花真好！”沈先生八十岁了，还每天工作十几个小时，完成《中国服饰研究》这样的巨著，就是靠这点对于生活的执着和热情支持着的。沈先生的这句话对我的影响很深。

我是怎样写起京剧剧本来的呢？

我从小爱看京剧，也爱唱唱。我父亲会拉胡琴，我初中一年级的时候就随着他的胡琴唱戏，唱老生，也唱青衣。到读大学时还唱。有个广东同学听到我唱戏，就说“丢那妈，猫叫！”

因为读的是中文系，我后来又学唱了昆曲。

我喜欢看戏，看京剧，也爱看地方戏，特别爱看川剧。

我没有想到过写戏曲剧本。

因为当编辑，编《说说唱唱》，想写作，又不下去，没有生活，不免发牢骚。那年恰好是纪念世界名人吴敬梓，有人就建议我在《儒林外史》里找一个题材，写写京剧剧本，我就写了一个《范进中举》。这个剧本演出了，还在北京市戏曲会演中得了一个奖。

一九五八年，我戴了“右派”帽子下去劳动。摘了帽子，想调回北京，恰好北京京剧团还有个编剧名额，我就这样调到了京剧团，一直到现在，二十年了。

搞文学的人是不大看得起京剧的。

这也难怪。京剧的文学性确实是很差，很多剧本简直是不知所云。前几个月，我在北京，每天到玉渊潭散步，每天听一个演员在练《珠帘寨》的定场诗：

李白斗酒诗百篇，长安市上酒家眠，
摔死国舅段文楚，唐王一怒贬北番！

李克用和李太白有什么关系呢？

《花田错》里有一句唱词：

桃花不比杏花黄……

桃花不黄，杏花也不黄呀！

可是，京剧毕竟是我们的文化遗产呀！而且，就是京剧，也有些很好的东西。比如大家都知道的《四进士》，用了那样多的典型的细节，刻画了宋士杰这样一个独特的人物，这就不用说了。我以为这出戏放在世界戏剧名作之林中，是毫不逊色的。再如《打渔杀家》里萧恩和桂英离家时的对话：

萧恩　开门哪！（出门介）

桂英　爹爹请转。

萧恩　儿呀何事?

桂英　这门还未曾上锁呢。

萧恩　这门嗐，关也罢不关也罢。

桂英　里面还有许多动用家具呢。

萧恩　傻孩子呀，门都不要了，要家具则甚哪!

桂英　不要了?

萧恩　不省事的冤家……!

我觉得这是小说，很好的小说。我觉得写小说的，也是可以从戏曲里学到很多东西的。

戏曲、京剧，有些手法好像是旧。但是中国人觉得它很旧，外国人觉得它很新。比如“自报家门”，这就比用整整一幕戏来介绍人物省事得多。比如布莱希特的“间离效果”说，是受了中国戏曲的启发而提出来的，这很新呀!

我觉得我们不要妄自菲薄，数典忘祖。我们要“以故为新”，从遗产中找出新的东西来，特别是搞西方现代派的同志，我建议他们读一点旧文学，用比较文学的方法研究研究中国的古典文学。我总是希望能把古今中外熔为一炉。

我搞京剧，有一个想法，很想提高一下京剧的文学水平，提高其可读性，想把京剧变成一种现代艺术，可以和现代文学作品放在一起，使人们承认它和王蒙的、高晓声的、林斤澜的、邓友梅的小说是一个水平的东西，只不过形式不同。

搞搞京剧还有一个好处，即知道戏和小说是两种东西（当然又是相通的）。戏要夸张，要强调；小说要含蓄，要淡远。李笠翁说写诗文不可说尽，十分只能说二三分；写戏剧必须说尽，十分要说到十分。这是很有见地的话。托尔斯泰说人是不能用警句交谈的，这是指的小说；戏里的人物是可以用警句交谈的。因此，不能把小说写得像戏，不能有太多情节，太多的戏剧性。如果写的是一篇戏剧性很强的小说，那你不如干脆写成戏。

以上是一个两栖类的自白。

除了搞戏，我还搞过曲艺，编过《说说唱唱》；搞过民间文学，编了好几年《民间文学》。“文化大革命”以后，我发表的第一篇作品不是小说，而是民间文学的论文，而且和甘肃有点关系，是《“花儿”的格律》。我觉得这对写小说没有坏处。特别是民间文学，那真是一个宝库。我甚至可以武断地说，不读一点民歌和民间故事，是不能成为一个好小说家的。

我这个两栖类，这个“杂家”有点什么经验？一个是要尊重、热爱祖国的文学艺术传统；一个是兼收并蓄，兴趣更广泛一些，知识更丰富一些。

我希望有更多的两栖类，希望诗人、小说家都来写写戏曲。

我曾经想写一短文，谈中国人的吃葱，想引用两句谚语：“宁吃一斗葱，莫逢屈突通”。说明中国有些人是怕吃葱的。屈突通想必是个很残暴的人。但是他是哪一朝代的人，他做过什么事，为什么叫人望而生畏，却不甚了了。这一则谚语只好放弃。好像是《梦溪笔谈》上说过，对于读书“用即不错，问却不会”。很多人也像我一样，对于人物、典故能用，但是出处和意义不明白，记不住，知其然而不知其所以然。这样读书实在是把时间白白地浪费了。

我曾有过一本影印的汤显祖评点本《董西厢》，我很喜欢这本书。汤显祖是大戏曲作家，又是大戏曲评论家。他的评点非常深刻，非常生动。他的语言也极富才华，单是读评点文章，就是很大的享受，比现在的评论家不知道要强多少倍——现在的评论家的文章特点，几乎无一例外：啰嗦！汤显祖谈《董西厢》的结尾有两种。一是“煞尾”，一是“度尾”。“煞尾”如“骏马收缰，寸步不移”；“度尾”如“画舫笙歌，从远处来，过近处，又向远处去”。这样用比喻写感受，真是妙喻！我很喜欢“汤评”，经常要翻一翻。这本书为一戏曲史家借去不还。我不蓄图书，书丢了就丢了，这本书丢了却叫我多年耿耿，因为在写文章时不能准确地引用，只能凭记忆背出来，字句难免有出入。——汤显祖为文是字字都精致讲究的。

为什么读书？是为了写作。朱光潜先生曾说，为了写作而读书，比平常地读书的理解、记忆要深刻，这是非常正确的经验之谈。即使是写写随笔、笔记，也比空过了强。毛泽东尝言：不动笔墨不读书。肯哉斯言。

皇帝的诗

我的家乡高邮是个泽国，经常闹水灾。境内有高邮湖，往来旅客，多于湖边泊船，其中不乏骚人墨客，写了一些诗。高邮县政协盂城诗社寄给我一册（珠湖吟集），是历代写高邮湖的。我翻看了一遍，不外是写湖上风景、水产鱼虾，写旅兴或旅愁，很少涉及人民生活的，大都无甚深意，没有什么分量。看多了有喝了一肚子白开水之感。奇怪的是，写得很有分量的，倒是两位清朝皇帝的诗。一首是康熙的，一首是乾隆的，录如下：

高邮湖见居民田庐多在水中因询其故恻然念之

康熙

淮扬罹水灾，流波常浩浩。
龙舰偶经过，一望类洲岛。
田亩尽沉沦，舍庐半倾倒。
茕茕赤子民，凄凄卧深潦。
对之心惕然，无策施襁褓。
夹岸罗黔首，跽陈进耆老。
咨诹不厌烦，利弊细探讨。
饥寒或有由，良惭奉苍颢。
古人念一夫，何况睹枯槁。

凛凛夜不寐，忧勤悬如捧。
亟图浚治功，极济须及早。
今当复故业，咸令乐怀保。

高邮湖

乾隆

淮南古泽国，高邮更巨浸。
诸湖率汇兹，万顷波容任。
洒火含阴精，孕珠符祥谶。
堤岸高于屋，居民疑地窨。
嗟我水乡民，生计惟罟罧。
菱芡佐饔飧，舴艋待用赁。
其乐实未见，其艰亦已甚。

乾隆这首诗写得真切沉痛，和刻在许多名胜古迹的御碑上的满篇锦绣珠玑的七言律诗或绝句很不相同。“其乐实未见，其艰亦已甚”，慨乎言之，不啻是在载酒的诗翁的悠然的脑袋上敲了一棒。比较起来，康熙的一首写得更好一些，无雕饰，无典故，明白如话。难得的是民生的疾苦使一位皇帝内心感到惭愧。“凛凛夜不寐，忧勤悬如捧”虽然用的是成句，但感情是真挚的。这种感情不是装出来的，他没有必要装，装也装不出来。

康熙和乾隆都是有作为的皇帝。他们的几次南巡，背景和目的是什么，我没有考察过，但决不只是游山玩水，领略南方的繁华佳丽

（不完全排除这因素）。我想体察民风，俾知朝政之得失，是其缘由之一。他们真是做到了“深入群众”了，尤其是康熙。他们的关心民瘼，最终的目的，当然还是为了维持和巩固其统治。这也没有什么不好。他们知道，脱离人民，其统治是不牢固的。他们不只是坐在宫里看报告（奏折），要亲自下来走一走。关心民瘼，不止在嘴上说说，要动真感情。因此，我们在两三百年之后读这样的诗，还是很感动。

我希望我们的领导人也能读一点这样的诗。

诗用生字

《对床夜语》（宋范晞文撰）卷五：

> 诗用生字，自是一病，苟欲用之，要使一句之意，尽于此字上见工，方为稳帖。如唐人“走月逆行云”“芙容抱香死”“笠卸晚峰阴”“秋雨慢琴弦”“松凉夏健人”，“逆”字、“抱”字、“卸”字、“慢”字、“健”字，皆生字也，自下得不觉。

此言是也。

前几年有几位很有才华的年轻的作家很注意在语言上下功夫，炼字炼句，刻意求工，往往用一些怪字，使人有生硬之感。有人说，这是炼得太过了。我原先也是这样想。最近想想，觉得不是炼得太过，而是炼得还不够。如果再炼炼，就会由生入熟，本来是生字，读起来却像是熟字，“自下得不觉”。

炼字可以临时炼，对着稿纸，反复捉摸，要找一个恰当而不俗的字。但更重要的是平时的“发现”。阿城的小说里写：老鹰在天上移来移去，这写得好。鹰在高空，全不见翅膀动，只是“移来移去”。这个感觉抓得很准。“炼”字，无非是抓到了一种感觉。一个作家所异于常人者，也无非是对“现象”更敏感些。阿城的“移来移去”的印象，我想是早就有了，不是对着稿纸苦思出来的。

最好还是用常见的字，使之有新意。姜白石说：“人所难言，我易言之，人所常言，我寡言之，自不俗。”我之所言，也还是人之所言，不是凭空杜撰出来的。“数峰清苦，商略黄昏雨”，此境人不易到，然而“清苦”“商略”，固是平常的话也。阿城的“移来移去”，“移”字也是平常的字。

毛泽东用乡音押韵

毛主席的诗词大体上押的是“平水韵”，《西江月·井冈山》是个例外。

山下旌旗在望，山头鼓角相闻。敌军围困万千重，我自岿然不动。　早已森严壁垒，更加众志成城。黄洋界上炮声隆，报道敌军宵遁。

这首词押的不是“平水韵”。当然也不是押的北方通俗韵文所用的“十三辙”。如果用听惯“十三辙”的耳朵来听，就会觉得不很协韵，“闻”“重”“动”“城”“隆”“遁”，怎么能算是一道韵呢？这不是“中东”“人辰”相混么？稍一捉摸，哦，这首词是照湖南话押的韵。照湖南话，“重”音chen，“动”音den，“城”音chen，“隆”音len，“遁”音den，其韵尾都是en，正是一道韵。用湖南话读起来会觉得非常和谐。在战争环境里，无韵书可查，毛主席用湖南话押韵大概是不知不觉的。

毛西河说：“词本无韵。”不是说词可以不押韵，而是说既没有官颁的韵书可遵循，也不像写北曲似的要以具有权威性的“中原音韵”为依据，可以比较自由。好像没有听说过谁编过一本“词韵”。张玉田谓：“词以协律，当以口舌相调”，即只能靠读或唱起来的感觉来决定。既然如此，填词的人在笔下流出自己的乡音，便是很自然的事。

中国语音复杂，不可能定出一本全国通行，能够适合南北各地的戏曲、曲艺的“官韵”。北方戏、曲种大部分依照“十三辙”。但即是“十三辙”也很麻烦，山西话把“人辰”都读成了“中东”。京剧这两道辙也常相混，京剧演员，尤其是老生，认为“中东唱人辰，怎么唱也不丢人”。看来只有“以口舌相调”，凭感觉。现在写戏曲、曲艺，写新诗（如果押韵）乃至填词，只能用鲁迅主张的办法：押大致相同的韵。写“近体诗”的如果愿意恪守“平水韵”，自然也随便。

雁不栖树

苏东坡《卜算子》：

> 缺月挂疏桐，漏断人初静。谁见幽人独往来？缥缈孤鸿影。　　惊起却回头，有恨无人省。拣尽寒枝不肯栖，寂寞沙洲冷。

苕溪渔隐曰：“‘拣尽寒枝不肯栖’之句，或云：鸿雁未尝栖宿树枝，惟在田野苇丛间，此亦语病也。”雁不落在树上，只在田野苇丛间，这是常识，苏东坡会不知道么？他是知道的。他的诗《高邮陈直躬处士画雁》一开头说：“野雁见人时，未起意先改。君从何处看？得此无人态。”虽未说出雁出何处，但给人的感觉是在沙滩上。下面就说得很清楚了：“北风振枯苇，微雪落璀璀。惨澹云水昏，晶荧沙砾碎。”然而苏东坡怎么会搞出这样语病来呢？

这首词的副题作“黄州定慧院寓居作”。“缺月挂疏桐，漏断人初静”，是庭院中的即景。这只孤雁怎会在缺月疏桐之间飞来飞去呢？或者说：雁想落在疏桐的寒枝上，但又觉得不是地方，想回到沙洲，沙洲又寂寞而冷，于是很彷徨。不过这样解词未免穿凿。一首看来没有问题，很好懂的词竟成了谜语，这是我初读此词时所未想到的。

《能改斋漫录》卷十六：“东坡先生居黄州，作卜算子云云，其属意盖为王氏女子也，读者不能解。”这里似乎还有个浪漫故事。是怎么回事，猜不出。《漫录》又云：“张右史文潜继贬黄州，访潘邠老，当得其详，题诗以志之”，读张文潜的题诗，更觉得莫名其妙。

雁为什么不能栖在树上？因为雁的脚趾是不能弯曲的，抓不住树枝。雁、鹅、鸭都是这样。不能“赶着鸭子上架”，因为鸭脚在架上呆不住。鸟类的脚趾有一些是不能弯曲的。画眉可以呆在“栖棍”上，百灵就不能，只能在砂底上跳来跳去，“哨”的时候也只能立在“台”上。